坐在楼上的清源

石一枫

———

著

四川人民出版社

图书在版编目（CIP）数据

坐在楼上的清源 / 石一枫著. —— 成都：四川人民
出版社，2025. 1. —— ISBN 978－7－220－13968－0

Ⅰ. I247. 7

中国国家版本馆 CIP 数据核字第 2024H75B07 号

ZUOZAI LOUSHANG DE QINGYUAN

坐在楼上的清源

石一枫　著

责任编辑	程　川　唐　婧
责任校对	申婷婷
封面设计	张　科
内文设计	张迪茗
责任印制	祝　健

出版发行	四川人民出版社（成都三色路 238 号）
网　　址	http://www. scpph. com
E-mail	scrmcbs@sina. com
新浪微博	@四川人民出版社
微信公众号	四川人民出版社
发行部业务电话	(028) 86361653　86361656
防盗版举报电话	(028) 86361653
照　　排	四川胜翔数码印务设计有限公司
印　　刷	成都国图广告印务有限公司
成品尺寸	143mm×210mm
印　　张	7. 25
字　　数	120 千
版　　次	2025 年 1 月第 1 版
印　　次	2025 年 1 月第 1 次印刷
书　　号	ISBN 978－7－220－13968－0
定　　价	48. 00 元

坐 在 楼 上 的 清 源

目 录
CONTENTS

「不准眨眼」

那天陈青萍召集我们三个狗男人去开大会，诸人都始料未及。接到电话，想必是有人叹息，有人流泪，有人欢天喜地；共同之处则是每个人都充满了众望所归的成就感和沧桑感，因为谁都以为她只叫了自己。还有一点可以肯定，就是所有人都在行着持枪礼——对着大洋彼岸的陈青萍，对着载誉回国的陈青萍，对着近在咫尺玉体横陈在榻上的陈青萍。我就是这样一边接着电话，一边把裤裆在小柜子上蹭啊蹭，一边看着墙角那张会咯吱咯吱叫的双人床。床上躺着我的现任女朋友，黑脸林黛玉，她正在搔首弄姿做肉感的深思状。

　　电话里的陈青萍说：来来来。我说：好好好。她又说：我刚离了婚。我说：嘿嘿嘿。床上的黑脸林黛玉便问：你又犯痴了，平白看着我嘿嘿什么？我捂住电话说：没啥没啥，你膀子露在外面，看着凉了又喊疼。黑脸林黛玉便更加来劲，嘤咛一声，一条大腿也掀了出来。陈青萍那边好像有点警觉，问：谁谁谁？我比她还警觉，赶紧说：没没没。这时黑脸林黛玉却催起我来：快快快！我又捂住电话对她喊：等等等！她便赌气开始吃枕头吃被子。我只得赶紧问了时间地点：明天晚上七点？醒客咖啡馆？好好，到时再叙。挂了电话，才感到舍不得，裆中之物也已蹭得甚是雄大，一步三颤走到床前，怒视黑脸林黛玉。她倒浑然不惧，索性像海豹一样昂起个半裸体问：哪个给你打电话？我说：大学同学，请我吃饭。她说：什么时候打不好，偏这会儿打？我说：人家还停留在美国时间里。她又问：什么劳什子美国时间？我说：美国时间有什么稀奇的？时差你懂不懂？你要不懂咱就只能从头讲起了，话说地球它是个圆的——她穷追不舍地打断我：我是问谁在美国时间里。我说：当然是美国人民。她说：我是问你哪个同学从美国回来又在美国时间里给你打电话。我一心虚，吼道：反正是同学，你又不认识！她也有点急了，终于切入主题：男的女的？我恼羞成怒，声如洪雷：男的！她说：真的？我说：真的！她说：若是假的？我说：舌头上长一个三寸大疮行了吧？满意了吧？她这才缓和下来，说：那你平白急什么？急什么？我趁着火性，一把把她一条大腿高高拽起：急，急，急什么？急的是一根鸡巴往里戳！

急着往里戳固然是搪塞，美国时间却不假。陈青萍哈欠连天地说她刚下飞机，正在倒时差。她才一回来就找我，确实把我兴奋得够呛，可我看到手上按的却是黑脸林黛玉，不免又感到一丝悲凉，便执意要关灯做爱。她又起疑心：平时都要开灯，今天为甚关灯？我说：反正开灯关灯一样黑，省点儿电吧。她登时不依不饶，拒绝再搞，我也乐得顺水推舟，不搞拉倒。

到了次日，黑脸林黛玉的眼睛已经哭得抽搐不止，只是乱翻。我好歹劝她两句爱你敬你一撮儿灰一阵青烟云云，又心猿意马地和她吃了顿午饭，赶紧打发她去上课。她走之后，我胡乱把电视台一个节目的稿子写完，就赶紧拍着屁股出门打车，直奔咖啡馆。

到了咖啡馆门口，一个围着绿围裙的白胖姑娘问：先生一位？

我说：不不，找人。

找人？是找他们么？那两人也说找人。

两人？我眼珠一转，没在厅里找到陈青萍，目光一停，却在靠窗处发现了吴聊和肖潇。这一见之下，我从惊诧到疑惑，从疑惑到懊丧，仿佛坐在一辆急剧俯冲的过山车上——我还以为只叫了我一个呢。

而正坐在里面的那两位原先也一定以为陈青萍只邀请了自己，此刻看到我，只能解嘲地一笑，意为"果然还有你"。而我正迟疑着是否应该走过去，吴聊已经扬起手，有气无力却毫不留情地把我拽过去了。

离他们越来越近，时光倒转，往事如昨，我又重温了一遍几年前在大学课堂上的那一幕：讲台上站着一位为自己的课程深感抱歉的马政经老师，几乎所有的学生都和他一样没精打采，在那片伏下的黑脑袋组成的田野里，陈青萍却极其醒目地腰板笔直，昂首坐着，鲜花带露，招蜂引蝶。围坐在她身边的就是我们三个，吴聊在她后面，一边迷醉于她的发香，一边更加迷醉地对她谈洛克菲勒、比尔·盖茨；肖潇在她左边，老实巴交，给她看自己的学术论文，没有晚清，何来"五四"？我坐在她右边，既不被她听，也不被她看，却把手径直插到了她的屁股底下。

　　比起陈青萍的另两个追求者，我无疑目的最单纯，手法也最直接。每逢周末没课，陈青萍就会梳妆打扮，上午先去和吴聊讨论经济原理，下午再听肖潇讲解学术规范，到了晚上夜黑人散，便到湖边的小树林去找我，远望一根塔，塔影插入粼粼湖中，我们两人便也实践这个象征，忙得一塌糊涂。

　　即便我占尽便宜，却并无优势。陈青萍死活拒绝承认我是她的男人，并威胁如果我把和她的关系讲出去，她就不再与我发生关系。这样一来，只能算偷情，还是她偷我，不是我偷她。更有甚者，偷着不如偷不着，她对外的宣布是吴聊和肖潇一起追她，两人以君子方式 fair play，竞争上岗，而我的品行大家有目共睹，只能算作她的一个纠缠者，预备性骚扰犯，压根儿没有被她纳入考虑范围。

　　也不知道美丽的陈青萍是怎么想的。我一度认为她是个极端女权主义者，对我只是玩玩儿就算，吴聊和肖潇两者之一才是她未来床上的主角；而究竟是哪一位，则取决于吴聊先受聘于 IBM 公司还是肖潇先得到 UCLA 大学的 offer。基于这种认识，我的策略只能是有便宜不占白不占——占了便宜也要当王八，不占便宜就是王八蛋，反正互相解渴，权当练兵。可是事态总是出乎我们的想象，快毕业的时候，陈青萍却神不知鬼不觉地跟着一个美国来的访问教授坐上大象一样的波音747，飞啊飞，出国了。那洋老头在学术界颇为著名，年薪十万美刀，可谓兼取梦想实现的吴聊与肖潇二者之长，甚至在我负责的领域，即肉体方面也不含糊——传闻他在我系卫生间撒尿，被人窥见，观者大惊：帝国主义，船坚炮利。陈青萍就这么身背多少民族恨，抛下三个伤心人，以成功女性、学术女性、肉体所向披靡的女性身份——飞走了，连个招呼也不打，连个音信也没传来。

而生活的发展也总是与年轻人的预期存在一定的距离。我们三个，吴聊落选了IBM，自己去倒卖医疗器械了；肖潇没有得到UCLA的垂青，只好到一家研究所直升博士，然后留校任教了；我也没有再找到可与陈青萍匹敌的尤物，只好偏安于一个又一个有明显缺陷的女性，目前是黑脸林黛玉。

可现在，当我们都学会习惯现状之后，陈青萍却又一次出乎预料，和洋老头儿离了婚，坐着大飞机，飞啊飞，飞回来了。她这次召集我们，意欲何为？难不成只是假惺惺地叙个旧？这不是她一贯的风格啊。真正的胜

利者是连胜利都懒得炫耀的，就像比尔·盖茨午饭只吃
汉堡包，苏格拉底的口头禅就是他一无所知，任何一个
反革命流氓犯都会痛心疾首地说：为什么就找不到真正
的爱爱爱情呢？

　　但无论如何，我们却都一个个贱兮兮地来开会了，
因为失败者总会毫不吝惜地展览他们的痛处，就像用来
陪衬比尔·盖茨、苏格拉底和反革命流氓犯的穷人、蠢
人和女人。吴聊西装笔挺，肖潇表情木讷，我哈欠连
天，三个懊丧的男人已经坐在一起，回味往昔的懊丧，
消磨眼前的懊丧，等待这些懊丧的根源在门口出现。

　　不便见面的熟人见面，没话也得找话。我们面面相
觑了一会儿，大眼瞪小眼，小眼翻白眼，然后又一起眨
巴眼，终于还是我开口。我对吴聊一点头，他也一点
头，我说：开上大奔了么？

　　他说：惭愧，还是丰田。

　　我又向肖潇点头：评上教授了么？

　　他说：惭愧，还是讲师。

　　他们互相看看，对我说道：得上艾滋病了么？

　　我说：幸亏，还是阴性。

　　基本情况是没发大财没成大师没得大病，基于这个

前提，我们暂时躲开了陈青萍，心怀鬼胎地闲扯叙旧。首先陷入滔滔不绝的是伪大款吴聊同志。吴聊毫不谦虚地说，他已经进入了我们国家正在大力扶持的中产阶层，这个阶层的象征性符号是日本车、三环路附近的商品房和皮尔·卡丹西服，阅读《财富》周刊和男性《时尚》杂志。虽然以目前的社会格局看来，他很难更上一层楼，但毕竟已经脱离了越来越值得同情的大多数。他应该对这个现状很满意了，即使不满于实际的财富数量，也应该对他和我与肖潇在经济上的落差知足了，况且最近他还有一喜：当前一阵"非典"来袭，举国上下都在温度计上战战兢兢的时候，他趁机大赚了一笔，从德国进口了大批电子温度计，供人随时随地战战兢兢。吴聊同志的情绪像温度计一样飙升，这两天正准备响应厉以宁先生高屋建瓴的号召，在郊区再买一套联体小楼，供他穿着休闲服遛狗、钓鱼、阅读《财富》《时尚》并思考人生用。这时肖潇以学者的正义感指出：你这是在发国难财。吴聊感到这种说法很无趣，怏怏地说：国家有难，匹夫发财，不过我的主要目标还是为国分忧，分忧。他又问肖潇：那你国难当头又在做啥？肖潇说他遍查史料，研究我国历史上的历次大疫，有感而发，写

作《SARS 的考据学批判》。吴聊道：倒没发财，不过
屁用没有。肖潇也觉得没趣，又问我：你在干吗？我
说：那时误吻广东妹，爽了嘴，苦了肺，躺在床上等
死。吴聊道：这不像你，怎么不是在床上吃淫药，再活
活把自己干死？我有些不忿，说：你为什么总把我和西
门庆扯到一起？肖潇说：西门庆怎么了，我认为西门庆
也是具有形而上的苦闷，但无从解决，只好以形而下的
方式排遣出来，他是中国文学的第一个零余者形象，我
还有一篇论文《对金瓶梅的再叙述》，考证的是西门庆与
毕晓林、叶甫盖尼·奥涅金乃至美国 60 年代"垮掉的一
代"，艾伦·金斯伯格之间的渊源。吴聊道：现在的学术
真奇怪，怎么谁鸡巴越硬越流氓他们就认为谁越有形而
上的追求？我说：所谓胡操乱操，替天行道，枪杆子里
出政权，也出学术，这个道理弗洛伊德已经指出过了。
吴聊更加恶毒地说：我看并不是论证鸡巴硬才形而上，
而是想论证形而上的人鸡巴都硬，学者在那方面自信不
足，所以用这个办法给自己壮壮声势。肖潇听了此言，
孩子般的圆脸大耳涨得通红，说：你们不懂学术，我就
不该和你们说，现在请你们不要乱说。

　　我们一直喜欢他这个样子，感到他可怜可笑又可

爱，是个语言上的娈童，颇堪玩味。我就说：你们学院派即使和美国接了轨，也不要滥用话语霸权么，我们民间学者的话一定是乱说么？吴聊道：你真别说，学者的鸡巴也确乎不软，我的秘书，半年前我提出搞她的时候，害怕她刚毕业的大学生和我玩儿气节，告我性骚扰，谁想人家小姑娘大大方方地说，来吧来吧，反正俺上学的时候和老师睡得，上班之后为什么就和老板睡不得？肖潇绝望地怯生生：师生恋也是有的吧？比如说鲁迅和许广平？我说：狗屁师生恋，和老师睡是为了换学分，和老板睡是为了换工分，两腿一开，交换的都是数字。既然如此，需要量化，按抽插次数计价，吴聊兄，国外有没有安在女性生殖器上的打表器？进口一批，给我们母校的师妹们试用试用？吴聊道：这东西我们公司就能搞出来，出租车打表器改装一下而已。我说：为何不投放市场？吴聊道：你怎么连一点经济常识都没有？打表器按下儿蹦字儿，那性能力强的男人还不亏死？反而是超级大阳痿，女人一脱袜子他就射精的那种占便宜，这样一来我们公司进口的性药品哪儿还卖得出去？我说：咦？你们公司还进口形而上壮阳药？吴聊道：你这么快就得吃药了？搞得如此不济。我说：目前倒还正常，只不过春宵一刻值千金，千金散尽又何其太快，我在这方面一向贪得无厌。吴聊道：给你搞一些也容易。

我说：是不是蓝色的那种？

说完哈哈大笑，气氛一转融洽，笑声沆瀣一气，惹得邻桌的几个二十出头的小青年直向这边看。只有肖潇不停地喝水，害口渴一般地咽唾沫，并不停地眨着眼。那些小青年也许就是他学校的学生，难怪他如此尴尬。我和吴聊交换一个眼色，继续逗他。

我说：肖潇啊，你为什么一定要搞学术呢？学术能给你带来什么好处吧？肖潇头垂得低低的，几乎像个啮齿类动物啃着桌面，轻声嗡嗡说：我不好财不好色，这是我的人生追求。吴聊拍案叹道：这个追求把你毁啦。肖潇说：学术哪点不好？我说：学术当然没甚不好，可惜缺了一样东西。肖潇说：缺什么？我正色道：眼儿！肖潇道：眼儿？什么眼儿？我把两根指头围成一个圆圈说：就是这个眼儿啊，hole。肖潇好奇道：何解？我说：吴聊爱钱，钱上有眼，所以唤作孔方兄，我爱女青年，也因为女人有三个洞，可学术有眼儿么？有眼儿么？没眼儿的东西自然没有妙处，所以说自古书生百无一用。

吴聊也说：还真是，还真是，眼儿这个东西还真是妙，有眼儿的东西都是人生的出口，没眼儿的东西只能把人生引向绝路，所谓无眼儿不入，没有眼儿，让我们往哪儿钻呢？然而肖潇到这个时候终于说出了一句有意思的话，自然也是刻薄话：这是蛔虫的逻辑吧？

我们意外地被他回了一句，两个人瞪着眼儿，对看一回，马上高兴得嘿嘿乱扭，好像两条曼妙的蛔虫。肖潇啊肖潇，吴聊说，你这个家伙还真是有趣得紧啊。我也说：这些年过去，肖潇比过去更有趣了。肖潇不好意思：我随口说，随口说，无意讽刺你们，何必这么激动？我们说：本来没有意思的学术，经你这句话，好像有点意思啦。

这么一搅，我们更加热闹。只是我低头看了看表，都已经七点半了，陈青萍去哪儿了呢？有些问题我想说，我不能说，可是我还得说。再看吴聊肖潇二位，也是繁华散尽，露出一副欲说还休的样子。看来还得我说。我喝了一口茶，清清嗓子，宣布性地展开正式的话题：

咱们来这儿，不是蛋逼，而是等人吧？那个人怎么还不来呢？

话音落后，半晌沉默。一会儿，吴聊道：也许堵车。肖潇道：也许倒时差，没把握好时间。

说完以后，我们又不再说，却又盼着别人说。吴聊整整西服，把手机打开又关上，啪嗒啪嗒；肖潇摸摸菜单，又把它们不识字一样翻来翻去，哗啦哗啦；我打量着这二位，把手指弹着玻璃方杯，叮当叮当。

啪嗒复哗啦，哗啦复叮当，足有两分钟，我们的桌上只有拟声词。肖潇必然在恨吴聊油滑，吴聊应该也在鄙视我的散漫，我则抱怨着肖潇木讷。我认为最先憋不住的会是肖潇，可却是吴聊首先停止了啪嗒啪嗒。我们见他要发言，立刻停止了哗啦哗啦和叮当叮当，全场肃穆地瞅着他。

吴聊把手机像惊堂木一样往桌上一拍，问道：陈青萍离婚回国，大家都知道了吧？

知道了知道了，我说，上回书交代过了。

他又说：咱们三个跑到这儿来，就证明还是贼心不死对吧？

也是也是，我又说，三个司马昭。

他又说：那这事儿就不好办了，就像几年前一样不好办。据我分析，当年我们谁都没追上陈青萍，是什么原因？有人认为是因为美帝介入，其实不然。试想我等之才，本应该在美国佬登陆之前就把战斗结束了啊，为什么久攻不下，反被外人占了先机？

我说：先别我们我们的，我们不是战友，我们是情敌吧？

吴聊一拍大腿：对啦！就是这个原因！本来凭我们三个，谁都可以追上陈青萍，可问题偏偏就出在三方面同时出击，又不可能协同作战，以至于互相牵制。你想啊，陈青萍看看这个不错，看看那个也不错，犹豫不决，此事一拖再拖，一直拖到美国佬来了，渔翁得利。当年痛失陈青萍，实可谓三国相争，一朝归晋啊。

我说：这不是废话么，难道这种事儿还能协同作战——咱是想追求爱情对吧，毕竟不是轮奸吧。

吴聊道：协同作战当然要求太高了，其实这事儿只要有两个人发扬发扬高风亮节，主动退出，另一个人就方便了——

我说：这简直就是狗屁了。那你说谁发扬高风亮节？肖潇最有涵养，肖潇干么？

肖潇漠然。我又转回来问吴聊：那你这么说，就是你想发扬啦？

吴聊道：跟你这人简直没法儿说话。你要不想听别听，算我光跟肖潇说行了吧？

小马你就别忙着打岔了，肖潇开口道，吴聊说这么多肯定是有想法的吧？

我便对吴聊道：那你说，你说。

吴聊道：其实我的主意也很简单，无非是借用一下前人的伟大思想。先请教肖老师，所谓社会契约论，或者民主政治，是不是建立在人不利己天诛地灭和资源有限这两个前提之上的？

肖潇道：没错没错，这个思想是约翰·洛克和卢梭都提出过的。

吴聊道：你看，我功力犹存。不过我更会活学活用——以前咱们在追求陈青萍方面，有个君子协定吧？今天我们不妨把它再进一步，搞成民主选举，从三个人中间选出一个最应该、最能够也最适合的人去追陈青萍，其他人遵守规则，无怨无悔，有闲心的话还可以衷心祝福——当然不作硬性要求啊——诸君以为如何？

我笑道：哼哼，当年君子协定，如今民主选举，怎么越来越知识分子了？

肖潇道：知识分子有什么不好？这法子听起来倒很

理性。

吴聊道：甭管知识分子不知识分子吧，总之这办法
又有效，又不会伤哥儿几个的和气——毕竟这么多年交情
了，伤了和气才是最可悲的。小马你想想，当年是谁借
你钱的？我！当年是谁给你写哲学史论文的？肖潇！你
忍心和我们伤和气么？

我说：当年我也没少帮你们吧？你那时候倒卖圆规
光收钱不交货让物理系的东北糙汉追着揍，是谁在肌肉
的狂欢里把你活着抢出来的？

吴聊道：所以说啊，万事和为贵，家和万事兴，考
虑到爱情，又顾及交情，还要保证效率，我们只能用这
个法子了吧。

我说：那行，那行，民主选举，怎么个选举法儿？
提名候选人？我心目中的理想人选就是马小军同志，马
小军同志最有战斗性，而且是老一辈无产阶级恋爱
家了。

滚蛋。吴聊也笑了，你丫能不能严肃点儿？

那你们也甭指望我提你们的名儿。我说。

是是，吴聊道，谁也没要求你流氓假仗义。咱们就
是自荐，自荐完了再不存私心、实事求是地进行评选，

这自然也要求与会人员具有较高的民主素质。

我说：那我自荐完了，我也没什么长处了。

这就是你的自荐？吴聊说，可见你丫素质真是不高——

那你给我来一素质高的？

我刚说完，一直没怎么说话的肖潇忽然抬起头来，真挚地望着我们的眼睛：那我说两句儿。

我说：行了，素质高的来了。欢迎肖潇同志发言。

肖潇却干望着我们，半天没说出话来，他只得又喝了口水开了开塞，一憋，又一憋，终于憋出一句话来：

我这些年都没有结婚。

哈哈哈。我和吴聊立刻停止互相攻击，一起拍桌子。我说：肖潇，你此言怎讲？没结婚的又不止你一个，我也没有结婚，吴聊结了么？吴聊也不言语，伸出左手，让我们看看光秃秃的无名指，示意他也是王老五。但他捎带又抖动了几下戴着白金戒指的其他两个手指，示意他与我们不同，是钻石王老五，只不过抖动手指的时候手形有些问题，好像在骂我们两个人是王八。

你看，你看，我说，无论有钱人还是没钱人，都知道结婚不好，因为有钱人有富乐子，没钱人有穷乐子，结了婚就是没乐子啦。

肖潇很茫然地又憋了一下，似乎在考虑自己是否词不达意。等他考虑好了，便说：

我这些年都没有恋爱。

哈哈哈。我和吴聊又拍桌子。吴聊这次的手势是把手一摊，又轻轻一挥，表示过眼烟云之意。我又在旁作注道：肖潇，你此言又怎讲？虽说我们两人都没闲着吧，但你是搞文学的，你应该知道，男女之间的感情多种多样，可以相互安慰也可以相互慰安。可就像纯文学一样，纯粹的爱情也只有一种对吧？我们在别人身上都没找到纯粹的爱情呢。从这个角度来说，我和吴聊也保存着一颗处男的心啊。

肖潇又被我们闷回去，开始干眨巴眼，脸上渐渐憋得有些发红，好像一只小螃蟹在被文火逐渐蒸熟。我们见他不再说话，相互一笑，可他却又迸出一句话来，说得格外坚决：

我是说，这些年来，我从没接近过其他异性，我是对得起陈青萍的。

我们都没想到他会说得这么直接，全吓了一跳。吴聊这次平摊出两只手，耸起肩膀，像美国人一样表示奇怪，我还没开口，他已经自己说话了：肖潇啊，你此言就更不知怎讲了。你的意思是说，因为你还是处男，所以在追求陈青萍方面，你有更大的合法性么？你就应该享受特权么？或者说我们就应该同情你，让着你么？这个逻辑很荒谬不是么？仆尝闻提拔干部时党员优先，却未尝闻追女人时处男优先啊，即使搞学术，也不要求童子身练功吧？

肖潇已经急扯白脸了，他呼哧呼哧地摸着头，两腮的肉几乎扇乎起来：我不是这个意思。

我接上去说：肖潇确实也不是这个意思。吴聊这样揣测别人，确实无耻。肖潇的意思是，他想给我们讲一个感人的故事，这个故事发生在 20 世纪的几位文学家和学者之间。从前有个林徽因，长得又白又嫩且极其小资，这样就有很多人追。来了个诗人徐志摩，没追上，又来了个逻辑学家金岳霖，也没追上。可是徐志摩也不想吃亏，扭头就去搞了个 bitch 陆小曼，权且先使着。但是金岳霖这人实在啊，把爱情看得神圣啊，人老人家就干等着，林徽因跟别人结了婚，他还在她家旁边守着，守了一辈子，终身不娶，元阳未泄。通过这个故事，肖潇要告诉我们，比起徐志摩，金岳霖无疑伟大得多，形而上得多，纯文学得多，所以老天有眼，应该给他一次机会，因为他要比徐志摩更爱林徽因。肖潇追求的就是这种绝唱般的深沉的爱情，对不对，肖潇，说到你心坎儿里去了吧？

肖潇喘得稍微轻了些，想摇头，又没摇起来，像个帕金森患者一样歪了两歪，说：也不全是这个意思。

我说：也不全不是这个意思对吧？咱们还是有话直说好吗？

看他不言语，吴聊便说：那就更不对了，肖潇。既然你是这个意思，那你今天又干吗来了？你应该独自一人高山流水怆然泪下地等着守望着去啊，你要是再缠陈青萍想跟她发生点儿什么实质性的关系，你那绝唱般的伟大爱情不也就不够伟大了么？你不来就怕得不到爱情，来了爱情又不伟大不深沉了，这个问题在台湾学术界讲，应该算是一个吊诡吧？

这下肖潇就有点生气了，伟大的情怀被人讲成悖论，任谁都要生气。肖潇生气的时候也很可爱，你看不出这个人在生气，他还是闷闷坐着，脸上一团和气，只不过手指在紧张地攥着裤角，眼神飘忽，不知看哪儿，终于锁住面前的玻璃方杯，出神了，入定了，不理人了，自顾自伟大去矣。

三张嘴去了一张，接下来该吴聊发言。他现在兴头正高，所以开始赤裸地无耻：我倒不想说别的，我就想说说爱情。大家都是为了爱情来的，可是光讲爱情有意义么？爱情不能当饭吃，诸君这般年纪，也该咂摸过味儿来了。当然处男除外。

我说：你何必还挤兑肖潇。

他说：那我说的也没错儿吧？

肖潇压根儿不抬眼看他，我也只好说：基本没问题。于是吴聊继续道：既然爱情不能当饭吃，咱就只能谈经济问题了。肖潇也不要总回避政治经济学批评是吧？

我看看肖潇的神色，说：你要再说肖潇，我可急了啊。

吴聊道：好，好，咱论事不论人，论事不论人。你们想想，陈青萍这几年在哪儿生活？美国。跟谁生活？教授。美国教授别的不说，钱总是有的，一年十万美刀还是底薪不算加班儿。人家过的是什么日子？汽车、house、手挎 LV，身穿 Chanel。从俭入奢易，从奢入俭难，她再找人结婚，得再找一个能提供这些东西的主儿是吧？否则生活质量下去了，天鹅变老鸦，大熊猫儿变成猪，她能乐意么？就是她乐意，在座诸君也不乐意吧？深爱着她的男人们，你们就不希望陈青萍过着幸福的生活么？

我说：你这意思，也就你吴聊养得起她，我们都得靠边儿站对吧？

他说：当然如果不满足于靠边儿站，你们还有权祝福我们——这么说就太无耻了啊——我是说，二位也确乎是人中龙凤，只不过手头也实在不宽裕，肖潇还是三千块钱一个月，据说学校改革还要拿你这样的开刀呢吧？小马现在还租着房子呢吧？你们还指望陈青萍跟着你们打一块二的车，吃六块钱一斤的肉，穿外贸店的衣服？情况并不复杂，但现实还是很残酷的，money is not only money，money is all。

当然了，我说，money is all，不过吴聊，你也忽略了一点，陈青萍当年傍洋人傍大款，现在可今非昔比了啊。据我所知，美国离婚都得分钱，老婆分男人一半儿的钱，而且陈青萍自己在美国也有工作，她那人那么能折腾，还能少挣得了？所以她现在是女大款了，女大款不但可以不傍大款，还可以包养个把面首。

这时肖潇不知从哪儿神游回来，猛抬头来了一句：我不用她的钱。

我回了他一句：我用！我觉得软饭是世界上最香的饭。

嘿嘿，那倒有趣了，吴聊道：人家凭什么包养你呢？你有什么特长？Money is all，我说的倒不是钱能买一切东西，我说的是经济上的成就总能代表一个人的某种价值吧？女人总喜欢有才能的男人，在这个社会上，什么才能说明男人的才能呢？

我揶揄道：怎么着也得中产阶级吧？

吴聊居然说：对啦，既然她还不认识李嘉诚、曾宪梓。

我对肖潇道：瞧，多浅薄的中产阶级。

吴聊倒也扬扬得意：陈青萍也并不深刻，我早就看出来，她只是个小资女性而已，充其量也就是野心强点儿对物质要求高点儿的那种。

肖潇这时用捍卫真理的架势暴喝了一声：不要这样说陈青萍！吓得吴聊手舞足蹈，一时不知说什么好了。我看到火药味儿一下这么浓，连肖潇都红了眼，连忙出来打圆场：别别，别生气，我们不要这样赤裸好不好？

毕竟还是战友关系。

　　吴聊挨了吼，就不敢再惹肖潇，他也知道老实人发了火更可怕，于是把气撒到我这里：我是赤裸了点儿，可我也是实事求是，肖潇倒还有点儿追求，你呢？成天就俩追求，一、女的，二、活的，有眼儿就是好窝头。

　　是是是，我说，我是不济，可你也得承认，人生还是很丰富的，除了钱眼儿以外，还有很多眼儿都很美妙对吧？否则你又干吗来了？所以咱也不能一叶障目，光拿钱说事儿吧？你吴聊确实比我们有钱，可是我们有的你也未见得有。

　　吴聊表现出一副很有兴致的样子：愿闻其详。

　　我又看了看表，差十五分八点了，这个陈青萍怎么还不来？她不来，我只好说下去。我把两肘架在桌上，下巴盖住玻璃方杯说：咱们还是来讲故事，昔年西门庆要淫潘金莲，托王婆说项。王婆道，让女人就范，无非五个条件。

　　吴聊道：哪五条？他抖擞身板，好像马上要参加检验。我说：当年西门庆也是这样问。那王婆就说：这五条，叫作潘驴邓小闲。我扳着手指头，一一道来：何谓潘？潘安之貌，这一条，我看大家都算了吧，我浓眉小眼，吴聊瘦长丝瓜脸，肖潇是个白面团。下面是驴，驴指驴大行货，生殖器像驴一样大，诸君都是黄种人，也该有个自知之明。这两条外，其余三条，我们可谓各得其一。邓指邓通之财，吴聊有钱；小指脾气小，肖潇有涵养；闲是有闲工夫，只能由我愧居，我这人别的没有，有的就是时间。这样看来，到了如今还是三分天下，成鼎立之势，谁也不要看不起谁。

吴聊便说：既然三分之势，也总得三家归晋吧，否则不又走上当年的老路了么？究竟谁上呢？

我说：依现在看来，还真是各有优势，相争不下，难于取舍，只好另想一个办法——当然也是君子协议。这个办法就是各尽其力，优化组合：吴聊得其邓，陈青萍花钱的时候可以找你，你当倾囊资助；肖潇得其小，陈青萍痛经头疼气儿不顺的时候可以找他，肖潇也必定会逆来顺受全身心地抚慰她吧？我既得其闲，也只能应付陈青萍闲着没事，又想干点儿什么事儿的时候，我鞍前马后，鞠躬尽瘁，不在话下。这个提议，诸君以为如何？

肖潇的鼻子里哼哼了一声，把头一扭，根本懒得说话。吴聊倒被逗笑了：狗屁，你想得倒美。我出钱，肖潇受气，你去做那闲来无事便特别想做之事，你当我们都是傻波依啊？

我嘿嘿一笑：我这也是没有办法的办法，看来你们都没有牺牲精神。

这样一说，三人又笑作一团，气氛重归融洽。不过看来一切民主到最后都是一团糟，吴聊提议，既然选举这条道儿走不通，我们就再换一个办法。

肖潇便问：什么主意？

吴聊道：我们轮流去追陈青萍，一个人追的时候，其他人不准插手，看谁能追上。每人一个月时间够用么？

我说：狗屁，那先上的人追上了怎么办？对后面的人不公平。

吴聊道：这个简单，我还有一法，也是 fair play。

可他刚要说话时，我忽然看到一个人在咖啡馆门口探头探脑，心下一紧，赶紧伸着脖子张望。我一翘首，那两人也立刻像牵线木偶一样扭了脖子去看，三个脑袋几乎从脖子上弹起来。门口那人便马上发现了我们，径直向桌子这边走来。这人一来，吴聊立刻眉开眼笑，嘴咧得脸像个掰断的丝瓜；肖潇也不禁喜上眉梢，但又不好那么露骨，便抿了嘴，倒像个捏紧了的包子；只有我傻了眼，心头一盆冷水泼下，冻成个霜打了的茄子。原来该来的不来，不该来的却从天上掉下来，来的正是我的姘居小伙伴，黑脸林黛玉。她今天无端又穿了一身白，黑里衬白，恰如一颗乌鸡白凤丸，香喷喷滚了过来。我目瞪口呆，想着足球、斑马、大熊猫等一切黑白相间的东西，但也没办法，恍然一眨眼，眼前还是她。

而吴聊却早早弯腰站了起来，殷勤拉椅子让座儿，也不管是谁家嫂子，张口便叫：嫂子，您来啦？

黑脸林黛玉斜眼看了他一眼，远远躲开，挨近我坐了。见状之后，吴聊更是大喜，幸灾乐祸，高声招呼服务员拿杯子和菜单来。黑脸林黛玉便趁此机会低声对我说：这就是你的同学？你怎么尽跟病人在一块儿？

我则直面这个打击，还不能醒过味儿来。惨淡的香水淋漓的唇膏，让我艰于呼吸视听，我眨巴着眼，哑巴着嘴，半天才挤出一句：是啊，因为我就是个病人。

黑脸林黛玉一听我说话这么哲理，登时慌了，抚着我的额头说：看怎么弄的，平白又发起哪门子痴了？我赶紧扭着头躲着，眼神去看肖潇。肖潇却只是温和地笑着，笑着，笑得既单纯，又什么意思都有了。而这时黑脸林黛玉已经摸到我的胸口了：我给你那块玉呢，莫不是又砸了？

我欲哭无泪，几乎是哽咽着问：你怎么来了？

黑脸林黛玉道：我下课回家，发现没带钥匙，你又不回来，直等了半个时辰，后来隐约想起你昨天说在这个咖啡馆会朋友，就过来寻你了。

我哼哼着说：你的记性可真好，可真好——这是钥匙，快拿了回去吧。

这时吴聊便大叫：怎么才来就走！且坐一坐么。嫂子贵姓？

黑脸林黛玉自然不去理他，径自向我这里颦着脸儿，弱柳扶风。我只好咧着嘴说：嫂子不敢当，弟妹姓林。

姓林好，姓林好，一看就不是北方人吧？

我的嘴咧得连口水都拢不住了：江南人氏，坐船来的。

吴聊几乎手舞足蹈起来：坐船好，坐船好，沿途看看好风景。

黑脸林黛玉这时却问：哪个是坐飞机来的？

我看着吴聊肖潇两个，一副任人宰割的神情，只望他们君子气度，下手轻点。可这更让吴聊高兴了，他对我摇头晃脑，表示不可沽名学霸王，又对着黑脸林黛玉的黑后脑勺儿说：坐飞机来的？是有是有，你且坐一坐，吃碗茶，过会儿就来了。

我只盼着黑脸林黛玉说声：我哪有闲心思看那坐飞机的稀罕人儿。可她说的却是：才跑了一天，我还没吃饭哩。

吴聊便道：那且叫了饭来吃，我们也是，聊到这么晚了，全忘了饿。一起吃来一起吃。你想吃什么随便叫，我做东。

我们便各自叫了饭。吴聊胃口大开，自己就要吃一张比萨；肖潇倒还沉稳，只吃一盘意大利通心粉；黑脸林黛玉说饿，却只要了两样精细点心，一小碗海鲜汤。我虽然折腾了一天，却没有胃口，跟着肖潇也要了一盘通心粉，只吃了两口，越吃越是透心凉，再也不想动叉子。吴聊有奶酪香肠垫底，还要叫酒，不只啤酒，还有洋酒，不只自己喝，还劝我们喝。黑脸林黛玉自是吃不得，肖潇却也破例喝了啤酒。吴聊说，在座只有我有酒量，一定要我和他喝威士忌。我心下恨恨的，就都冲着酒来了，顺势不兑水喝了两杯，脸上像隔着被单的电褥子，分明从皮肤下烫上来。黑脸林黛玉又嗔我还没吃口子饭，又喝冷酒，还要用肠胃来暖它。我借着酒劲，劈头一句放屁，你见过谁喝煮过的酒？她一惊之下，又不好发作，闷声闷气地边喝汤，边记仇。我倒想赶紧惹恼了她，轰她走人，也不对她示歉。四人吃饭，三人闷着，只有吴聊臭美不止。

到吃过饭，我刚要对黑脸林黛玉说：你回去等我好了。吴聊偏又叫服务员来再沏上浓浓一壶茶：饭都吃了，又急着走什么！黑脸林黛玉刚一皱眉，肖潇人好，马上讲道：不要刚吃过饭马上喝茶吧，饭后过些时候再喝，不会伤脾胃的。一语合了她的心思。吴聊则赶着说：那再坐坐，等一会儿喝了茶再回去也不迟。我看着人，越来越颓丧，看着表，越来越绝望，又喝了满满一杯酒，脑袋几乎扎到裤裆里去。

陈青萍啊，如果你堵车，那就再堵一会儿吧，如果你时差没倒过来，那干脆就继续睡吧，让我们撑到美国时间去见你好了。我一低下头去，就不敢抬起来，生怕看到门口再出现一个人影，生怕事情变得再热闹一点。可吴聊却在一旁大力制造着热闹，黑脸林黛玉也开始享受热闹，肖潇兀自悠然自得，闹中取静。吴聊笑嘻嘻地对肖潇说：现在这里多了一个人，却只剩下两个。黑脸林黛玉酒足饭饱，也失去了戒心，问他说：这说法加减不分啊。吴聊说：我认为恋爱中的人是属于另一个世界的，不能在我们的俱乐部里充数。黑脸林黛玉说：你们是什么俱乐部？单身俱乐部？吴聊道：不全是单身俱乐部，我们这个俱乐部的名字不好说啊，不好说。黑脸林黛玉道：不好说，也总要有个名字啊。吴聊探过身来，拍着我的肩膀说：真的不好说啊不好说，对吧，小马？我向上撇着眼睛，含含糊糊地应道：啊啊。

这时黑脸林黛玉却忽然呀地叫了一声：呀！你们不会是……

吴聊问：你猜是什么？

不会是同性恋俱乐部吧？

连肖潇也扑哧一声笑了出来，问她：你看我们像么？黑脸林黛玉道：难道不像么？肖潇道：哪点像了？黑脸林黛玉道：不说倒罢，说起来还真是哪点都像。肖潇道：这是什么逻辑！没有理性的说法。黑脸林黛玉不悦道：同性恋本来就不在理性支配之内。吴聊插上来起哄：我们倒也罢了，对于小马你有亲身体会，总不能把他说成同性恋吧？黑脸林黛玉装蒜：什么体会？随即又很恐怖地说：难说难说，有些人就是阴阳电，你是不是？你是不是？

我被她惹烦了，说：是，是，行了吧？她如雷灌顶，惊叹道：这是真的？这是真的？我说：是真的，不过你放心，我每天晚上睡觉前都洗干净啦。她却再也无法接受失身于一个下水道疏通管的事实，被震撼得摇头晃脑，鬓发凌乱，只是轻轻叹息：啊，啊！

我终于拍案而起：我说你烦不烦？她眼泪喷出：我烦？我烦？我说：你不知道你表现得傻波依得要命么？同性恋个屁，同性恋能告诉你？她脸上涨红，有如动物肾脏一般：你怎么能这样对我说话，从昨天晚上起，你就……

我吼道：怎么啦？奇怪啦？她说：你受了哪门子邪气，为什么偏要对我发？我给你气受了？吴聊又过来拉偏手：小马，你这样太不对了，对太太怎么可以这个态度？肖潇也说：情侣之间，要和而不同，互相谅解。我说：那好，我们回家去谅解好了。

与其坐在这里待毙，倒不如趁早回去。我低头一扯林黛玉，刚起身要走，迎面却扑来一股香风。我向下看到两条长腿，向上扫过一对酥胸，再往上看，被晃得几乎晕了。千盼万盼没盼来，紧躲慢躲没躲过，陈青萍偏偏在这个时候站在我的面前啦。

好了，同志们，让我们微笑着，沉思着，莫名其妙地，半死不活地重新落座吧，陈青萍出现了。我们必将死心塌地地围绕着她，因为她就是这样一个人儿：无论在哪里，都会让我们几个人只能用迷恋着她来证明自己的存在。这股迷恋时至今日也丝毫没有减弱。

我、肖潇、吴聊静静地看着她的脸，一言不发；黑脸林黛玉当然自惭形秽，又充满敌意。她似乎明白了一切，又不想承认，便极度怀疑地看着我。女人在这方面的感觉总是一针见血，她看我只需一眼，极度怀疑就变成了极度怨恨。

陈青萍慢慢地在一张椅子上坐下，排名不分先后地扫视了我们一眼。我们静等着她宣布一句：我回来啦。以便印证岁月如流水，回首往事上心头。可她的第一句话却是对黑脸林黛玉说的：

第一次见面吧？我来晚了，不好意思。

黑脸林黛玉面对陈青萍，却茫然失措，哼哼哈哈。狼狗面对抢了食的豹子应该也是这种反应——几乎是谄媚了。我忽然觉得她有些可怜了。于是我轻轻捅了捅她，也想没话找话，迎面戳来的却是彻头彻尾的怨毒的目光。真个是问世间情为何物，也许她在一分钟以前还是很爱我的，这个想法让我手脚冰凉。

而吴聊、肖潇两个人的表情也开始走上正轨了，一个踌躇满志，一个目光哀怨。上大学的时候就是这个样子。陈青萍也继续保持着她无限的神秘性，妙相庄严地对我们笑着，不言不语，又等着我们的千言万语。我又看了看黑脸林黛玉，她侧脸的线条像小学生做的木雕一样生硬，眼光好像没有射进空气一样，谁也不知道她在看哪儿。这个时候我忽然有了一种冲动，就是不再奉陪了，不再给陈青萍无偿捧场了，虽然她的各个部位各种举止还是那么顶呱呱，虽然我还是那么迷她。

黑脸林黛玉哼唧了一会儿却说：我去下洗手间。说完也不看人，径自走开了。

那么说话吧，同志们，总得有人说话吧，我们不能光凑在这里眨眼玩儿吧。可是我几乎一句话也懒得说了。陈青萍也自然不会说，优势的一方总不会先授人以柄，这是个基本的技巧。肖潇啊，你哀怨着，哀怨着，嘴角向下斜着，哆哆嗦嗦，已经千言万语难出口了吧？那么就吴聊说，自我感觉最好的人先说。

　　到底还是吴聊，这么勇于打开局面，这就是中产阶级的性格。吴聊的第一句话居然还是对我们大家宣布的：

　　看到陈青萍回来，才感觉时间过得这么快。

　　有人开了头，肖潇立刻接上：平时也许会感到度日如年，只有在这种时刻才会觉得弹指一挥间。他又深沉了一句：这就叫一日长于百年。

　　陈青萍又看着我，示意该我发言了。我却不想再配合她，低头喝了一大口酒，在嘴里呼噜呼噜地漱口。她宽容地笑了，也许认为我只不过想表现得与众不同，暗示自己是这些男人中唯一与她肌肤相亲过的一个。

　　于是她说：这个感觉我也有，每个人到了这个年纪都会有。这些年你们过得怎么样啊？吴聊恐怕是最舒服的吧？听说你生意做得不错？

　　吴聊挺着肚子说：勉勉强强，凑凑合合吧。肖潇也像一切无怨无悔的受害者一样说：还好，还好。我干脆仰着脖子，大张着嘴，呼呼地漱着口。

　　陈青萍问我：你怎么啦？怎么这么不正经啊？

　　我把酒咽下去，奇怪地问她：我怎么不正经了？我一直挺正经的啊！

吴聊道：这位老先生，当然不可以常人论。然后转向陈青萍，示意该感慨就继续感慨，反正以目前的状况，已经可以不带我玩儿了。

陈青萍却说：我知道为我当初出国走了，你们一定会怪我。只不过小马率性为真，不像别人不好意思说出来而已。

我阴阳怪气地说：不敢不敢，我哪儿敢啊。吴聊忙不迭道：没有没有，绝对没有。肖潇还是那副忍辱负重的样子：我没有。

陈青萍笑道：咱们不用客气，我自己也知道当时做得有点儿过分，我挺后悔的。

吴聊马上推心置腹：不用这样想，陈青萍，我现在能理解你了。人总得往高处走吧，谁不想混得好一点呢？

陈青萍说：你们怪不怪的，我也觉得对不起你们。在美国时也会想起你们来，所以刚一回来，就找大家聚一下。

肖潇调整好呼吸说：能见你一面就很好了，真的。

他们两人欲擒故纵地煽着情，让我感到越来越幽默，不禁哈地笑了一声。而陈青萍似乎对我有些不满了，她这次都没理会我，只和肖潇吴聊两人你一句我一句地假仗义着，任由我龇牙咧嘴用牙签抠耳朵。他们的主题除了致歉与谅解，就是感叹逝者如斯夫。陈青萍说：我觉得我都老啦。吴聊道：哪儿有！我看你是越来越年轻啊，美国的转基因食品养人。陈青萍道：我是说我的心态都老啦。肖潇说：唯一能让时光倒流的也就是人的心灵啦。陈青萍道：那你们也老了吧？吴聊道：成熟罢了。肖潇道：初衷不改。

这么说了一会儿，他们也觉得无趣了，便又一齐看着我，好像我是一只奇异的生物。我对他们眨着眼，一言不发。陈青萍忽然说：咦！刚才那姑娘是谁的女朋友啊？

吴聊马上指我：他的！

我对他说：你急什么！我搞的又不是你女儿，怕我不认账似的。

陈青萍又问吴聊：你都有女儿啦？

吴聊连忙大叫：他放屁！

我说：我放屁，我放屁。看来还真是放到你脸上了，否则你哪儿会这么激动。

陈青萍道：你们两个别斗嘴啦。我是说，那姑娘上个厕所，怎么上了二十分钟还不回来啊？

那还用问，当然是气跑了。我仿佛看到黑脸林黛玉一个人跑到街上，迎风流泪。我说：那我哪儿知道？女性上厕所应该多长时间？我对女性的构造不熟悉。

肖潇又来做好人：你就不要耍贫嘴啦，快去找找吧。

我便来到卫生间门口。卫生间里也没有人。于是我就问一个服务员：那朵黑牡丹被风吹到哪儿去了？

服务员说：哪朵黑牡丹？

我说：一身白的那朵。

他说：特像马来西亚人的那个？下楼走啦。

我说：走多久了？

他说：十多分钟了吧。

于是我到吧台借了个电话，打通马来西亚林黛玉的手机。她愣头愣脑地问：谁？

我说：我我我。你怎么先跑了？

她立刻吼叫起来：你问你自己去！

我说：我怎么了？你要去哪儿啊？

她叫道：去死！

我心怀歉意，便低三下四打哈哈：啊哟，好好儿的死什么呀？

她说：滚你妈逼吧，我算知道你什么东西了，王八蛋一个，还他妈敢骗我，不是说来的都是男的么？那女的是怎么回事儿？再瞧你丫跟她那贱逼样儿，我他妈看了都想吐！

我从来没听过她这种风格的语言，居然被逗笑了：敢情你会说人话啊。

她最后吼了一句：少你妈扯淡，咱俩拉倒算！你以为你多值钱！

看来她这次是真急了，但这也不奇怪。姑娘们总是用震撼人心的方式和我分手，她不是第一个被我伤害的，我也不是最后一个被别人伤害的。我承认我对不起这姑娘，但也认为自己没资格在感情上自责下去，因为也没有谁会真对得起我。我们早就应该习以为常，坦然处之了。我看看吧台镜子里自己的脸，那种哭笑不得的表情已经挂了很多年了，而且还会越来越深，成为一记烙印，像黄种人的肤色一样无法磨灭。我放下电话，走向那张桌子。桌边的三个人已经显得很荒诞了，空空荡荡的心态不但让我鼓足了攫取的欲望，也还油然滋生了一丝破坏欲。我似乎在盼望事态变得更荒诞一些，荒诞到他们也无法接受的地步。

陈青萍倒是满脸的关心，探起身来问我：没事吧？她去哪儿了？

我大大咧咧地落座，今天晚上从来没有坐得这么舒服：伊倦了，便先返去了——不用管这些，咱们继续，继续吧。

于是陈青萍重新开始她的话题。这一次她脱离了泛泛的，大而无当的抒情，一转成为更具文学性的表述。她还是像接受采访的成功女性那样诚恳地说：

说了这么多，你们知道我现在最怕什么吗？

我说：蟑螂老鼠痛经？

不不不，小马不要开玩笑。陈青萍说：我现在最怕的就是眨眼。

吴聊道：怕眨眼？为什么怕眨眼呢？

陈青萍说：因为时间就是这么一眨眼之间溜过去的。一年，两年，五年，一眨眼之间，全溜走了。你们用显微镜观察过细菌病毒微生物么？我在美国做过。做这种事就最忌眨眼，一眨眼之间，镜下的那个切片里，可能就地覆天翻，换了人间，也许艾滋病毒已经钻进了淋巴细胞，也许阿米巴变形虫已经一分为二了。难道人类的生活不是这样么？一眨眼之间，中关村变了样，北京市的路我也不熟悉了，我们也已经变成了现在这个样子。全在一眨眼之间。所以我最怕眨眼，我害怕不知哪次上下眼皮一碰，生活就重新组合，成了另一个完全陌生的世界了。

吴聊啧啧道：啊呀，听你一说，眨眼确实有点可怕了。

而肖潇则说：我也害怕眨眼，但我也庆幸自己眨过眼。

陈青萍问：此话何解？

肖潇道：就像陈青萍说的，眨眼像是一个时间的隧道，轻轻一眨，世界就此改变，但从另一个角度来讲，眨眼又像是按下了照相机的快门，就在生活变换的瞬间，拍下了以前的世界最后一个镜头，并把这张永恒的照片不可磨灭地印在了我们的记忆中。眨眼让时间不经意地流逝，但又把时间封存在了人们的心中。如果没有这张照片，我们必将面对虚无的，没有意义的生活。

陈青萍"啊"了一声，连赞肖潇深邃：确实是这个道理。

但我早已经不耐烦了，我们来的目的是爱情或性生活，这两位，却引入了哲学讨论。吴聊则更有同感，因为这种情况发展下去，势必会被肖潇占了上风。好在陈青萍又把话题引回了具体的层面上：假如说这几年就是一次眨眼，那么你们眨眼之前留下的照片，拍到了什么呢？

我问陈青萍：先说你，你的照片是什么？

陈青萍说：当然是我走时，在飞机场。候机厅里有很多人，跑道上有很多飞机，中心景物应该是一架编号Z-743 的波音 747。可我却不记得它是否存在了，如果它在，那么我还在地上，如果不在，那么我已经到天上了。

她又问大家。吴聊道： IBM 应聘会的门外，那是你陪我一起去的，也是我们最后一次见面。门里门外都有很多人，拿着求职的履历表。可我却不记得你在不在了，如果你在，我还没有进去应聘，如果不在，那我已经落了选。

轮到肖潇，他想了想说：我们系的办公室，桌子后面坐着那个浑身是病的女教务。那好像也是我们最后一次见面，我却也忘了画面中有没有你了，如果你在，那我是去领出国留学的成绩单，如果你不在，那就是我去开保送研究生的证明了。

陈青萍似乎有些失望：看来我是若有若无的啊。我说：你讲点理好不好，你的照片里也没别人。她说：那么小马呢？你的照片里有没有我？

我说：没有。

连若有若无也不是？那你拍到了什么呢？

我说：黑咕隆咚一大片，近处是杂乱的黑影，远处是大片的黑影，还有一根大黑柱子的影子支在我脑袋后面。

吴聊道：你说的是你夜里掉湖里那回么？

陈青萍却笑了。只有我和她明白，在我的照片中，她虽然不在视觉上存在，却在触觉上真切无比。那是她告诉我她要跟洋老头儿出国的那天晚上，我们在湖边树丛里最后一次美妙的野合。

肖潇挠挠脑袋说：我一向认为小马在艺术上是个现代主义者。

我说：不过我也不喜欢眨眼。

陈青萍问：为什么？

我说：因为我不喜欢过去的生活，也不喜欢将来的生活，我压根儿就不喜欢生活。

吴聊的中产阶级思维感到不可理喻：不会吧，你说得太绝对了吧？

肖潇又说：果然是现代主义者。

陈青萍说：我在过去总渴望未来的生活，到了未来又感到过去流逝得太快了，还没咂巴出味儿呢。因此，也许我也变成了一个不喜欢生活的人。她说完话，就excuse me了一下，去洗手间了。吴聊舒了口气，认为比较费劲的讨论可以结束了。但他才沉默了一会儿，忽然又一机灵，凑过来对我和肖潇说：主意有了。

什么主意有了？

吴聊道：君子竞赛的公平方法啊。你看，她来之前，我们的既定办法是一人追她一个月，谁追到算谁的，但先追的占便宜，后追的吃亏对吧？我提议，为了解决这个问题，我们干脆再来一个小竞赛，决定次序。

肖潇问：什么竞赛？

吴聊道：就是不准眨眼。我们比一比，看谁坚持得久，谁最后眨眼，谁最先上，谁先眨眼，谁最后上。这样比耐力比决心，比谁更咬得住牙，公平吧？

肖潇沉思道：也是个办法。

我说：狗屁，还是我吃亏，我眼睛小，撑不住。

吴聊道：你还有脸挑三拣四？按说都不应该让你参赛——你和那黑姑娘断了没有？即便要断，也不可能这么快吧？我们组委会也是看在多年交情上，兼之你赖在这里，决心可嘉，才勉强给你一个报名资格的。

我又一想，这个游戏也有点意思，就说：那就这样吧，吃点亏就吃点亏好了。

肖潇人实诚，却也仔细，他此刻告诫吴聊：谁也不准用手扒着眼皮啊，这事儿你干得出。

吴聊又告诫我：谁也不准用低级下流的手法干扰对方啊，这事儿你干得出。

我说：什么时候开始呢？

吴聊道：陈青萍回来落座伊始。

大家同意，分头热身酝酿。我做了一节眼保健操；吴聊疯狂眨了一百来下眼，储存起来备荒备战；而肖潇干脆拿出一瓶随身带的眼药水来给自己滴，工作性质让他具备了装备上的先天优势。

陈青萍回到大厅的时候，吴聊便宣布：预备了啊，预备了啊。我们一起给陈青萍数着步子：五，四，三，二，一，臀部着凳，开始。

于是大家同时运气，用力，进入状态。陈青萍坐下一会儿，奇怪于我们都不说话，扫视一圈，马上就注意到了六只炯炯的眼睛，其中两只滴溜圆（肖潇的），两只三角形（吴聊的），两只还眯缝着，怎么也撑不大（我的）。她奇怪道：怎么啦？你们的眼睛怎么啦？

吴聊道：我们在进行一个小比赛。

什么比赛？

肖潇道：不准眨眼。

为什么啊？

我说：刚才不是对眨眼进行了相当深刻的讨论么？为了纪念过去，展望未来，把握正在流走的时间，我们兴之所至，决定进行这项竞赛，谁输了谁请客，周末吃饭。

陈青萍哈哈笑道：太幼稚了吧。但随即又说，不过你这么说，也挺有意义的，那我也参加吧。

吴聊道：你参加有什么用？

陈青萍道：怎么没用？大家都要纪念过去，展望未来，把握正在流逝的时间呀。

我们都在运功支持，便不再多说。陈青萍就宣布：那我现在也不眨眼睛啦。

这下变成了四个人八只眼睛，都一动不动，间或一睖，表示还活着。这个游戏还真是累，看来眨眼和喘气放屁一样，也是人类必不可少的要求之一。我撑了一会儿就感到酸得要命，便拼命想鱼想鸡，希望那些没有眼皮的动物能给我以鼓舞。

而陈青萍这时说：光干坐着，也没意思。咱们还是边比赛，边聊天吧。看来这个游戏对她来说很容易，也许因为她的眼睛大？抑或双眼皮的结构适于内部支撑？总之，她谈笑风生，我们也只好陪着她，又开始聊天。

那么又要聊些什么呢？我们已经聊过了往事，聊过了人生，按照常理，早就应该聊到床上去了，而现在谁也没有得手，只能干瞪着眼被迫聊，可见吴聊的说法还是有理：互相掣肘，内耗使然。所以我倒格外看重这个小游戏了，希望不管谁赢，好歹分出个胜负来，倒也痛快。当然我也不希望自己输，已经是君子的游戏，还要比别人更君子，那就是百分之百的纯傻逼。吴聊肖潇二君也是这个念头，三人更加充满决心地瞪起眼，太阳穴上都一突一突地了。

陈青萍与我们不同，优势者永远可以没有功利目的，纯为艺术而艺术。她显得轻松得多，甚至还表现出了百无禁忌，主动把话题引向了爱情。爱情啊爱情，总算由她说出来了，倒把我吓了一跳。

她就是直接说：那咱们再谈谈爱情吧。

吴聊登时像被捅到了哪块内脏，无端打起喷嚏来，一发不可遏止。那时节，可真为难他了，也让我们见识到了人类脸上最奇异的表情。因为他在张嘴耸鼻子之际，还必须对上半张脸的肌肉严防死守，所以效果是一脸对半分开，上边铁桶箍就一般，听任着下边兵荒马乱，皮肉乱窜。只有马、驴和骡子打喷嚏才是这个样子。

肖潇则还保持着常年以来的深沉，越到要命处越深沉。脸上还是止水，哪知内心澎湃，此项学术会议上的功夫如果练到了家，即使射精的一瞬间也不会啊啊地叫。

我听她这么一说，却未免有点不忿，心想不妨挑开，便对陈青萍说：你想谈爱情？你想听什么？听我们说自己爱过谁？这个话题在咱们中间只是一句废话吧？以你陈青萍之智，是喜欢听废话的人么？

陈青萍反也被我唬了一跳，她往后侧侧脖子说：小马今天怎么火气这么大？谁招你了？

我说：不好意思不好意思。你没看我玩儿命瞪着眼么？可能看起来有些怒气。

吴聊这时捂住鼻子，止住喷嚏说：累了？那你就别硬挺着了。

我说：咱们谁挺得更艰苦一些呢？

陈青萍道：我想说的不是具体的爱情，只是抽象的爱情。我想问问你们，抽象的爱情在人生中占多大的分量呢？

我说：什么逻辑，爱情怎么还分具体和抽象呢？爱情本身就是抽象的，具体的不叫爱情。

陈青萍问：那具体的叫什么？

我说：生物学叫交配，气象学叫云雨，历史学叫洋务运动。

陈青萍又有点不满了：你今天怎么了，老和我对着说？

我却发现把话题挑明开来，有一种让人振奋的快感，于是又说：我们一向思想不合，但不妨碍在别的地方的和谐吧？

吴聊说：什么地方？陈青萍则已经隐含着愤怒，大眼睛有些收拢。我又想到把有些层面挑开了，却也不好，我总不能告诉那两位我们在交配、云雨和洋务运动上很和谐吧？于是只好岔过去：友谊啊，当然是友谊了，我们的友谊难道不和谐吗？

把那话岔过去，吴聊便问陈青萍：那你说，抽象的爱情和具体的爱情分别是什么呢？

陈青萍说：说不好。具体的爱情就是你爱的某一个人，抽象的爱情就是你对某一个人的爱？也不能这么说，成了车轱辘话了。

肖潇说：我所理解的具体的爱情是及物的，抽象的爱情是不及物的，对否？

陈青萍说：对对，还是肖潇准确。

我又说：不及物——你倒会把自己撇清。

大家又尴尬地看我。肖潇也哽着嗓子说：小马今天是怎么了？

吴聊一字一顿地用重音对我说：在比赛结束之前，你说这个不太好吧？他又对另两人建议：甭理他，他是有具体的人了，咱们来讨论抽象吧。

我又说：你们都多大的人了，这岁数还讨论爱情，可笑不可笑？

肖潇诚恳地对我说：请不要这样了好么，小马，这样反而显得很做作。

陈青萍也说：是啊，抽象的爱情有什么不好的呢？难道不是每个人都需要它么？

我说：抽象的爱情——不及物的爱情？难道你们没有仔细考虑过它究竟是什么吗？什么叫不及物？不及物就是不及某个具体的物，也就是能及这世界上任何一物，不及物的爱情也就是对任何一个异性或纯粹的"异性"的爱情——鸿渐的一句话，压根儿的生殖冲动，中产阶级倒是很需要这玩意儿。

吴聊马上道：你干吗对中产阶级有那么大的敌意呢？

没有敌意，哪儿会有敌意呢？我说，中产阶级是这个社会的阳具，定海神针，能长能短，伸缩自如，我们大家都很景仰它。

那也不要对抽象的爱情有那么大的敌意好不好？陈青萍说，就算它是属于中产阶级的，你也不要有偏见嘛。

人类总是共通的。肖潇说。

是，是，可是讨论它又有什么意义呢？我的眼睛已经瞪得发抖了，太阳穴好像要爆炸了一样，现在看起来一定目眦欲裂，极其凶恶。

怎么没有意义呢？那三个人一起问我。

爱情有眼儿么？我大声问。

什么？眼儿？陈青萍说。

对，眼儿，hole！我对吴聊说，刚才不是说过么？有眼儿的东西才是人生的出路，爱情有眼儿么？爱情只是人生的死胡同。

我说过这话么？吴聊道，这话倒像是个肛肠科大夫的口径。

你要不承认就算了，我说，那你们讨论你们的吧，我对抽象的爱情不感兴趣。

我想，也许你是眼睛实在累得不行了，想故意打个岔吧？陈青萍说，你还是这样，一着急就爱打岔，胡言乱语不知所云。

嘿嘿，还是你了解我。我往上翻着眼皮说。

于是他们就开始谈抽象的爱情。小河流水哗哗响，远方传来驼铃声，大抵是这些意象。我看得出来，肖潇和吴聊两个人也很乏味，也不知道陈青萍在卖什么药，他们只是像撑着眼皮一样勉强迎合着她。我半趴在桌上，打量着他们的眼睛。肖潇的眼睛瞪得鼻子都开始抽筋了，而吴聊的眼球已经在充血，仿佛时刻就要滚下来，掉进茶杯里，可奇怪的是陈青萍，她这么长时间以来，一下眼也没眨，怎么毫无倦态呢？她还在说啊说啊，没话找话说：具象的爱情转瞬即逝，抽象的爱情却能长远地埋在人们的心间，心间！

我的眼睛几乎成了两个小黑洞，要把整张头皮都吸进去。越看着陈青萍那双不费吹灰之力的眼睛，我越感到没信心，认为自己快顶不住防线了，于是我把脸扭过去，向别的桌张望。这时在我们不远处，坐着几个奇异的男青年。我有生以来，从未见过这么多的优质肌肉堆在一起，真是太壮观了。他们一定是健美队的运动员，一个个像牛一样壮，又穿着比兔子皮还小的紧身背心，油光锃亮，棱角分明，两块胸肌似小山，八块腹肌如铁板。而这些肌肉在做什么呢？他们在一边吃一块比洗衣板还厚还硬还大的牛排，一边讨论肌肉。成龙？不行。没看他的胸肌都是椭圆的么？一看就透着东亚病夫的劲儿。唱戏的出身，那能叫胸肌么？那只能叫鸡胸！成龙不行李小龙总还可以吧？太瘦了太瘦了，成龙好歹还是一肉鸡胸，李小龙就是一柴鸡胸。按你这么说咱中国人的肌肉是没前途了？我没这么说，我只不过说前人在肌肉上走了太多的弯路而已。那你说，什么样的肌肉叫肌肉？咱就谈谈阿诺吧，人都五十多了，你看那两大块儿，还是那么浑厚。你太崇洋媚外了吧？阿诺那两块大是大，可谁知道现在还硬不硬啊？没准儿还得戴乳罩撑钢丝才能保持造型呢吧？我们得承认，在肌肉的道路上，我们必须得崇洋媚外，阿诺用那两块东西就能夹死李小龙。我就是看不上你这一点，真的，只追求体形是不好的，据说很多以块儿著称的洋爷们儿都十分脆弱，他们大量注射肌肉催化剂，导致睾丸缩小得像两颗花生米。

　　我一边对那些肌肉瞪大了眼睛，一边听他们争论，感到十分有趣。我们的生活就是这样，抽象的爱情与肌肉并存。但这下也惹了麻烦：我的左眼突然抽起筋来了，一扯一扯跳得厉害，我又不敢去动眼睛，只好用手去拽鼻子，希望能牵制一下眼睛。而此时那个主张全盘西化的巨型肌肉男已经注意我很久了，他忽然盯住了我，腾地一下跳了起来：

　　你丫照谁呢？

　　我照你了么？我说。再一想也是，我的眼睛一定已经变得奇形怪状，任何人都会感到挑衅的，但我情绪不好，趁着火气，依然在对他照眼儿①。

非但照我，你丫还敢跟我学李小龙!

李小龙? 我被他像我大腿一样粗的肱二头肌以及呲来呲去的腋毛晃得睁不开眼。

对，李小龙! 你那只手为什么放在鼻子上? 是不是在学李小龙? 有些中国人就是这操性，蔑视肌肉，看到大块儿肌肉就幻想李小龙和俄国大力士。

我借着酒劲儿说：不要说放在鼻子上，就是放在你妈——还没说完，就已经颈上一紧，脚下一松，让他生生拽着领子从椅子上提了起来。

我像坐电梯一样骤然失重，才醒过神来。看来这位仁兄是在肌肉的本土化和西方化论争中很不愉快，正要拿我撒气呢。我的两条腿已经像一只实验用的青蛙那样悬在半空了，不时抽动一小下。这只青蛙当然有两只鼓眼泡，因为它太长时间没有眨眼，又突遭巨变，心情激荡，头部充血，两眼登时红通通肿胀起来。这更加惹怒了肌肉道路上的全盘西化者，他把我拎近一些，脸对脸地鼓起两块马一样的咀嚼肌，从嘴里威严地挤出话来：

_____
① 照眼儿：北京方言，即挑衅的对视。（编注）

你——丫——还——敢——照——眼？

这种情况下，我也没动一下眼睛，因为肖潇是吓傻了，吴聊却还有余力，一边站起来劝道，别打架别打架，一边紧密地监视着我的眼睛。

他嘴上说着，手上已经抚摸起那汉子提着我的那只手臂来。面对这钢铁一般坚硬、树干一般粗壮、釉器一般光亮的手臂，他还能做些什么呢？难道指望他能把它掰开不成？他能做的只有温柔地抚摸而已。摸了几下子，吴聊赞道：真个天生神力。

狗屁！肌肉男哼道，这是后天努力的结果，还需要先进的饮食计划。

那好，那好。吴聊敬佩地说，同时幸灾乐祸地看了我一眼。这时我已经被勒得翻白眼了，不但要竭力撑大自己的喉咙，还要和慢慢下滑的眼皮们做斗争，哪有力气理他。只听得他试探性地问道：

开个价儿吧？

开什么价儿？让我给肌肉开价儿？那汉子勃然大怒，手上更紧了，摆得我四肢一齐乱筛，全咖啡馆的人都在震惊地看着这边。

不不不。吴聊说，肌肉无价，我是说——给他开个价。你们要多少钱，才能放过这厮？

咦？吴聊的论调倒让肌肉男也感到很奇异。他仔细评估了我一下，说：真开价儿，还不好说，你先说一个吧。

那我就说了啊，你们别嫌少：两百，够么？

不行不行。肌肉男手腕一抖，让我摇着头，这么一大活人就两百块钱，太便宜了吧？

吴聊道：您是不知道，我可知道他。就他这样儿的，各方面都无过人之处，能值多少钱？两百还是看情面呢。您看着办吧，过一会儿死了可就连两百都不值了。

不成不成。肌肉男说，好歹你再加点儿，把我们这顿饭结了。他影响了我们的情绪破坏了我们的晚餐，总得给个赔偿吧？

行，行，多少？

四客牛排八瓶啤酒，一共三百二。

就这么着吧，拿走。

肌肉男左手接钱，右手一松，我一屁股坐到地上，头晕眼花，金星乱飞，待到喘上气儿来，眼前的雪花儿逐渐聚焦成人形，便痴傻儿一样望着天花板，眼睛张得更大了。

这个举动被那个肌肉男看到，他倒乐了，饶有兴致地蹲下来说：你看你看，他还照眼儿呢。

吴聊赶紧弯下腰来说：你就眨眨眼行么？不然这事儿完不了了。

那肌肉男却伸出两个手指头，像逗小狗一样挠着我的下巴：真是挺好玩儿的啊，他这眼睛怎么就这么奇异呢？来照一个照一个……

话音未落，我就出嘴如电，一口咬住了他的手指头，接着就像夹紧的钳子一样，再也不松开了。那感觉又咸又软，好像一块饼干，看来再强的肌肉也有漏洞。他疼得嗷嗷乱叫，旁边两个人忙上来要掰我的嘴，被我一晃头，呜呜两嗓子恐吓开。吴聊解释道：他这意思可能是，你们要动他，他就把这俩手指头咬下来。

那不成那不成，我还得抓杠铃呢。外强中干的肌肉男慌了。我眼前就是那条无比强壮的胳膊，但现在它却显得如此孱弱。

那，要不，您再开个价儿？吴聊对他说。

肌肉男还没来得及想，我一用力，嘎巴一声，他就哆嗦着跪到地上。他连忙说：得了得了，我三百二再买回来这俩手指头行么?

吴聊便问我:意下如何?

我死咬住不撒嘴,仇恨地摇了摇头,扯得肌肉男也大幅度摆动起来,饶你钢铁铸就,也成了牵线木偶。

那不好办了。吴聊说,这哥们儿是流氓无产者,不在乎钱,只为一口气。看来您得服个软儿才行了。

肌肉男刚一疑惑,我又一用力。他马上哀声伏地,低三下四以妾妇之态求道:大哥您牛逼,我错了行么?

我这才心满意足,轻快地张开嘴,吐了两口血水,对吴聊说:今儿让你见识到什么叫以弱胜强四两拨千斤了吧?

真牛逼真牛逼。围观的群众也说。可还没赞完,大家又看到那肌肉男忽然面露凶色,左拳抡了个弧线,夹着呼呼风势,给我来了个千斤打四两,一拳正砸在我左眼之上。

我脑袋里轰隆一声,眼眶处咔嚓一响,就登时黑成一片,身体沿着地面平行飞去时,似乎听见他的一声怒吼:打不死丫王八蛋!

然后就是陈青萍的喊叫声: 911, 911——不对, 110!

我醒来以后，马上看到的就是三双瞪得分外夸张的眼睛，看来虽然遇到了意外情况，我们的比赛还在照常进行。只不过男运动员们已经筋疲力尽，吴聊的眼角都在不断地抽动，而肖潇干脆变成了一只可爱的小白兔——眼球充血过多，一片通红。奇怪的还是陈青萍，她的眼睛也是一眨也不眨，此刻却依然异常轻松，表情柔和，游刃有余，真异人也。

Are you ok？她摸着我的额头说。

我晃晃脑袋，感觉它像一个存钱罐，里面有几个钢镚儿东撞西撞，哗哗作响。看来那一拳可能把我的某一部分大脑给震下来了。但我还是说：没事儿。

哎，哎，肖潇一贯在事发的时候不敢吭声，事后摇头兴叹，你老是爱惹事儿，这么大岁数了还不改。

我说：这证明我还有一颗年轻的心。惜乎身子骨不行了，如今坏在鼠辈手里。

吴聊开口说：歇了吧你，我就没见你跟人打架赢过。顺便告诉你一句，这比赛你输了啊。

我怎么输了？我立刻像弹簧一样挺起来吼道：我一直都没眨眼。

对对，你的意志品质确实可嘉，但有的时候客观条件还是会限制选手的发挥——你难道还没意识到么？你的左眼看得见东西么？

我听言四下看看，果然只有右眼还能视物，左眼一片黑洞洞。

对啦。吴聊兴高采烈地说，你虽然没眨眼，可那一拳把你的左眼打得肿得像个桃子，上下眼皮膨胀，合到一起，连条缝儿也没留。

是这样么？是这样么？我踉跄着爬起来，拿起一个光亮的金属盘子，照照自己的脸。果然如此。但我还是申辩说，不行吧，这可不能算眨眼。

怎么不算眨眼？吴聊说，眨眼的定义是什么？就是上下眼皮合在一起。

不能这样定义吧？那睡觉呢？睡觉能算眨眼么？

睡觉只不过是时间长一些的眨眼么，一眨眼沧海桑田，一觉醒来换了人间，这两者在哲学上和修辞上都是一样一样一样的。无论如何，你就是输了，小马同志不要不认账。要不我们表决一下，认为小马同志输了的请举手。

吴聊说着举起手，肖潇看看我，也慢慢举起手来。陈青萍做了个美国式耸肩，表示放弃表决权。

好，多数。吴聊说，大赛组委会宣布，小马同志输啦。虽然您与金牌无缘，可是您已经充分发扬了体育精神，虽败犹荣，我们可以考虑授予您一个最佳风格奖。

滚你大爷的吧。我悻悻地接受了现实，玩儿命眨着完好的那只眼睛说。

那现在怎么着？吴聊虽然眼睛也累得像两个拉了一天稀的肛门了，但此刻精神却格外饱满：你是继续列席比赛还是退场治疗？我建议你还是以身体为重，很多著名运动员的运动生涯都是因伤……

得了得了，我烦躁地说，我他妈不玩儿了，跟你们玩儿真没劲。

吴聊说：没劲没劲行了吧，我也觉得没劲。

我撑着哗哗响的脑袋，看看四周。咖啡馆里已经没几个人了，几个服务员盯着我们这里。客人们也许都被刚才那场武戏给吓跑了。再一看墙上的钟，都已经十一点多了，看来我这一昏迷，时间还真不短。而另三位不眨眼的比赛已经持续了三个多小时，的确让人叹为观止。

那我先滚了。我从椅子上抓起包，摇摇晃晃想往外走，但脚下却像上了镣，一绊，上身轻飘飘就往地上趴过去。我还没反应过来，已经被人托住。正是陈青萍，她伸手扶住了我的肩膀，我趁机在她的胸脯上狠嗅了一口。 CD 香水也掩不住那股熟悉的、清新的肉香。这女人总能让我感慨良多。

不行，她说，你都这样儿了，哪儿能让你一个人走啊。我送你吧。

这话立刻让吴聊和肖潇傻了眼。他们费尽全力地瞪着陈青萍，吴聊干巴巴地说：那，那还是别走了吧，我们让小马再休息一会儿。

算了。陈青萍看看表，晃晃头发说，时候也不早了，我时差还没倒干净，先回去吧。小马住在五道口？和我顺路，正好我送他。

不不不，吴聊被这个变故弄得手足无措，要走一起走吧，我开车送你们，送你们好不好？

不用了。你住哪儿？建国门那边吧？陈青萍干练地说，嗓音脆生生，这两天听说四环路修路呢，你送我们的话，就得绕道儿，特别不好走。合理的安排不正应该是你送肖潇，我送小马么？

吴聊还想说，陈青萍又接上：今天就到这儿，见到这么多老朋友，我挺高兴的，也挺温暖，觉得回国以后并不孤单。我们的友谊值得让我们 keep in touch 吧?

值得,值得。吴聊变得垂头丧气了。他忽然又问,那我们的比赛呢?比赛还没进行完呢。

一个小游戏,何必那么认真?陈青萍目光炯炯,眼皮动也不动地说,玩儿玩儿算了。都快玩儿出人命来了,还嫌不刺激呢?你们要真想把它继续下去,那也可以分头进行,谁先挺不住了,就赶快给对方打电话认输好不好?君子比赛,重在自律,这不也是大家一贯的风格么?

自律,自律。吴聊无可奈何了。他如果再坚持下去,就显得太做作了,只好作罢。陈青萍便扶着我宣布:那我们走啦?

现在轮到因祸得福的我笑嘻嘻了,我也热情地招着手说:走啦?

而那两个人干瞪着眼,动也不动,这可不是因为还在坚持,而是愣了神,忘了眨了。

这样愣了半分钟,陈青萍又说:那我们走啦?

我重复:走啦?看到那两人还没表示,干脆拉着陈青萍就走。刚走两步,陈青萍忽然停住,又转过身来说:还有一件事,忘了告诉大家。

我靠着她的肩膀问：什么事？

陈青萍说：我这次回国，是来找我的新未婚夫结婚的。他现在也在大学里做访问学者。婚礼的时候，大家一定要来。

我听到这话，立刻尖声尖气地大笑起来，笑得都控制不住自己的声带了。有趣，太有趣了。而我想到更加有趣的是另外两位同志的反应，便抬头去看吴聊和肖潇。只见那两位已经完全变成了雕像，仿佛已经在原地站了上千年。随着咯吱咯吱的响声，雕像们略微有了点动作，吴聊挂上了索然无味的苦笑，肖潇则慢慢低下了头，头发耷拉下来，几乎看不见他的脸。大家又是费尽心机地白来一趟，刚才为什么要表现得那么积极踊跃呢？可怜的吴聊和肖潇，他们必须用油滑和深刻来接受这个事实。这个过程无疑是尴尬的，尴尬的事情重复一遍就会加倍尴尬，尴尬得连话也挤不出来了，只剩下我的怪笑：哈哈哈，哈哈哈。当你投入玩笑中以后，就会发现生活还是很有意思的。

陈青萍也让我们弄呆了。她非要在临别时宣布那个消息，暴露了她的刻意。这也让她尴尬了起来。在失去了一贯的游刃有余之后，她好像也后悔了，只能瞪着眼，与我们对视。现在的八只眼，只有我的右眼可以自由地舞蹈，只有我的左眼可以坦然地睡觉，吴聊和肖潇则是还不能接受生活的幽默感，忘记了眨眼。

有人在沉默中爆发，有人在沉默中灭亡，有人在尴尬中装疯卖傻或意志消沉，那么就有人会由于尴尬而酝酿一次感情的小规模井喷。这口喷井就是肖潇。可以说，他一直在深沉地酝酿着，把抽象的爱情等东西压在学者的内脏里，这个时候终于憋不住了，似乎是陈青萍真正让他开始抱怨上天不公了，他终于找到了节点，扣动了扳机，拉起了阀门——我们都眼睁睁地看到，肖潇同志的两颗红灯泡眼睛忽然像破裂了一般，喷出两股水儿来，喷得又高又远，弧线如同儿童小便，飞了三四米远，正滋在陈青萍的胸膛上。

而肖潇同志随即便像初生的婴儿一般哇哇大哭，像初生的小狗一样扑倒在陈青萍脚下，又像初生的小羊一样，一边吃奶一边抬头仰望着上方那个伟大的雌性动物。

陈青萍这时才慌了，也许她从来没想过如何面对这样狂烈的感情，也许她一贯把我们看作懦弱、虚伪和唯性主义者各自的代表人物，才有那么大的自信心。而现在她真不知道如何是好了，只能哎呀哎呀地叫着：这是怎么回事？这是怎么回事？

喝多了喝多了。毕竟是吴聊，中产阶级都是一些现实主义者，总能迅速地接受现实，并回到现实中来，他疲倦，但又无可奈何地跑过来，抱住肖潇的腰，像拖麻袋一样拽着他：肖潇这人从来不喝酒，没想到今天喝了一点儿，就喝成这样。理性一点，肖潇，别太激情了好么？

而肖潇只是哇哇大哭，汁液横流地拥抱着陈青萍裙子底下那两根神柱，蹭来蹭去，不能自制。

我也忍住笑，弯下腰去，一根一根地和肖潇较着劲，把他的指头掰开，然后对陈青萍说：快走快走。

陈青萍跑开两步，恐慌地望着三个滚作一团的男人。肖潇还在哭着吼着挣扎着，表演着古来圣徒的理想破灭状，我和吴聊一个人压他上半身，一个人压他下半身，九牛二虎，终于将其制住，如同即将宰杀一只宁死不屈的食草类动物。

你一个人弄得住他么？我问吴聊。

弄不住。吴聊没好气地说。

那我也不管了，你一人慢慢儿弄吧。我按着肖潇的背勉强蹲起来，又对吴聊说：对了，你获胜了。

什么获胜？

不准眨眼的比赛啊。你看肖潇是不是闭着眼号呢？闭了吧？他这一疯，自动弃权了。君子协议，你可以先上，但今天的善后任务也落在强者肩上了。我说完，一跃而起，拉着陈青萍说：咱们走吧，这儿交给吴聊好啦。 Go Go Go.

背后传来吴聊的声音：操蛋！事儿怎么都这么操蛋！

就这么操蛋，怎么着吧？我躺在出租车的后座儿上，身旁是陈青萍，而她的手就放在我两个大腿根儿之间。这可不是我不君子，而是她主动的，不能赖我吧？就这么操蛋，怎么着吧？

对于陈青萍的此举，我既毫无防备又感到极端坦然，甚至认为自己早已看出她是预谋已久的了。我仿佛回到了几年前。而陈青萍的目的不正是重构几年前的格局么？既然她有此意，那就让我们该做点儿什么，就做点儿什么吧，这一直都与君子协定没有冲突，只要我不对陈青萍说"我爱你"就可以——我又把手插到了她的屁股底下。

在我的配合下，陈青萍的脸又恢复了满足而高深莫测的神态，她做不无遗憾状说：想不到肖潇会变成这样。

他也许是最接受不了现实的吧。我说，他以为你会在离婚回国之后，在我们三个人之中的某一个那儿找回真爱，而他自认是最能提供 pure love 的一个。

这是多么荒唐的想法。陈青萍又耸着肩膀说，有些人我是永远也理解不了。

有些人我也永远理解不了，比如说陈青萍。但那千篇一律的生理构造却值得反复研究，我干脆把手伸进了她的裙子里，同时问她：这回跟你结婚的那位是什么人啊？

还是美国人，美国老头子。陈青萍咯咯笑了，而且还是你们最反感的那种外国老头子——一个海外汉学家。

我们什么时候反感过海外汉学家？你这个论调真奇怪。我故意皱起眉头来说，那老头儿是谁啊？长得有你第一个体面么？

肉体上肯定是平庸之辈，即便是白种老人，你也不能指望他们个个儿都像肖恩·康纳利。不过这个倒与前总统里根有共通之处。

那不挺好的，里根以前也是好莱坞……

我说是轻度老年痴呆症，目前还有越来越严重的趋势。我还真得赶紧把婚结了，要不等哪天人老人家忘了我是谁了不全抓瞎了！

准备什么时候结？

就这俩月了，反正他也在北京。他是我前夫那个系的系主任，名字咱们上学那会儿就听说过——尉迟敬德。

如雷贯耳。明清色情小说研究那学霸是吧？比你前夫强多了，恭喜你在学术上更上一层楼。不过老人家要是真傻了，傻到哺乳动物怎么交配都忘了的话，他的研究资料不就全都得烦劳你掌管了？

我在美国已经给他做了一年半的助手了，为了学术牺牲牺牲也值得。

我们一起在后座上哈哈大笑。我望着车窗外缓缓掠过的灯火，清华大学外的那些酒吧正是热闹的时候，文质彬彬的大学生们像我们当年一样进进出出，固守或追逐着那些身穿毛料裙子和棉布衬衫的姑娘们，还有一些不三不四的女青年，头发五彩斑斓，皮鞋又尖又长，成群结队旁若无人地沿着便道旁的栏杆走过，到某个偏僻的小巷去执行任务。这时车在我住处附近慢了下去，我对司机说：一直往前走。陈青萍随即给他指出了通到她家的那条岔路。我侧脸看了看她，她的大眼睛像车灯一样亮着，能量充足，连晃都不晃一下。

陈青萍的住处是一幢新建的高层住宅楼里的两居室，可能是她回国之前托亲戚帮她买下的。她在楼下给我指了指八层上的那个阳台，屋里黑着灯。我明知故问道：尉迟先生不住这儿？

他住在学校的宾馆，也不知道我有这套房子。她扶着我坐电梯上了楼，打开门进去。房间里家具摆设还不多，但已经让小时工收拾干净了。我打开冰箱，拿了听可乐坐到沙发上，让自己醒醒神。陈青萍问我：眼睛要不要敷药？我说不必，同时盯住了她的眼睛，端详许久。

有什么异样么？她眼中亮闪闪地问我。

你没觉得异样么——我是说，你怎么到现在还不眨眼，游戏都已经结束了呀！

是么？她歪歪脑袋，这儿看看那儿看看，我给忘了。不过也奇怪，我一点也不觉得累，挺自然的。

那就自然着吧。我点上一支烟，把烟灰弹进可乐空罐里：刻意眨眼那就是挤眉弄眼或结膜炎了。

　　她坐了坐，转身去洗手间放水了。我又拿了听可乐，把它按在眼上敷着，一阵冰凉浸入眼帘。我需要认清现在的形势，也需要明确自己当下的任务——勃起。还好，虽然挨了揍，可是我还能。我唯一百折不挠的东西就是阳具而已，我明白，它的精神是迟早会感动生活，赢得回报的。而面对回报，我更不需要想太多，生活的惩罚与回报什么时候有过理由呢？在某些场合，我们只需要用龟头思考，对某些事情，又何必经过大脑？我蹑手蹑脚地走到洗手间门口，隔过毛玻璃用一只眼睛勾勒了一下灯光与水雾中的身体曲线——还是那么跌宕起伏，峰回路转。我还闻到了热水与泡沫从大块人肉上蒸腾出来的香气：扑面而来，浓郁得让人头晕。我大大方方地拧开了洗手间的门，而她也确实大大方方地没有上锁。

　　坚持住坚持住，就两步了，考验你肱二头肌的时候到了。

　　这些年来功夫从来没荒废过，起码比起老年白种人还具有一定优势。我绷着劲儿横抱着陈青萍往床的方向走去，憋着气说。

这些年来也没少抱过异性吧？她的眼睛又大又圆地说。

那不也是为了重大赛事热身么。我说，我不能丢中国人的脸啊。

算了吧你。偷情就是偷情，别老跟狭隘的民族主义纠缠在一起。

对对对，还是单纯一点好，我也觉得以两个基本退役的美国老将为假想敌并不光荣。

话里带刺儿——你怎么老这样？纯粹一点儿行么？她勾住我的肩膀笑道。

哎你发现没有，你今天添了些许舞台剧演员的风采？

你又想说什么了？她被我轻轻放在床上，拧开床头灯：我承认我今天对你们几个表现得有点儿虚伪，最后还把戏演砸了，但我有什么办法，有些事挑明了没意思，但又不得不挑明吧？

不不不，我说的不是这个，我看着被灯光染上一层红晕的各个组织器官，激动得喉咙直哆嗦：我是说，你的眼睛——笑起来都瞪得滴溜圆。

是么？她惊奇道，我没感觉啊，我还没有眨过眼么？

　　我盯住她的眼睛，她也盯住我。那双眼睛好像两个深不见底、轻易就能把我囫囵吞下去的井口。我忽然有点心慌了，从脚底往上轻轻打了个寒战：你在美国没做过什么眼睛方面的手术吧？

　　她说：是不是玩那游戏的时候，玩出了点儿小岔子，搞得神经有点紊乱，暂时丧失眨眼的功能了？

　　有可能。你不是说怕眨眼么？这下不用怕了吧，时间不会弹指一挥间了，祝你青春永驻，小姐——你眼睛不觉得干么？

　　不觉得，可能液体分泌比较旺盛吧？

　　是么？有原来那么旺盛么？我手向下摸去，她的身子缓慢地呈麻花状扭动起来，但目光依然炯炯，如同冷酷地审视着我。我强迫自己不去看她的眼睛，而只专注于身体，但这无疑是一个莫大的遗憾：纯肉体的、外科手术式的性生活每每无法欢畅。我知道不应该和陈青萍谈爱情，但这一点也是事实。于是我又探起头来，凑近脸去吻她。

　　但这样一来，那双眼睛简直就显得恐怖了。它们在我眼前奇大无比，绷足了劲儿一动不动，充满威慑感，如同某些蝴蝶翼上用以自卫的大花纹。我不禁闭上了眼睛，但随即感到别扭，问她：

你怎么还睁着眼睛？我从来没见过一个女性睁着眼接吻的。

这是一个男性中心主义的观点。她搂住我的肩膀说：也好也好，我闭上。

我又把脸凑上去，咬着她的嘴唇，慢慢睁开眼，但却再次看见了那双瞪圆的眼睛：纹丝不动，极近地与我对峙着。

我说：你不是说闭了么，怎么还睁着？——不是我事儿多。

不对不对。她的声音也有点慌张了，急促地说，我不是不想闭，而是我闭不上了——眼皮怎么不听使唤了？

还有这等事？我只听说过先烈们死不瞑目——我说着向她眼睛吹了口气，再试一下。

她抿着嘴，皱着眉头，显然在用着力。过了几秒钟，太阳穴都抽动了起来，最后却还是说：不行，真怪了，怎么就闭不上了呢？

怎么会闭不上呢？我用胳膊肘把上半身撑起来，轻轻勾勒了一下她眼皮的轮廓，研究了一会儿。那是一双标准的善睐明眸，黑白分明，妩媚灵巧，善于表达感情或激发别人的感情。

你放松一下，放松一下，用平和的心态，轻轻闭上眼睛，不要太用力，心里想着蓝天白云炊烟袅袅母亲在招呼孩子回家吃饭——对，别太紧张，像个了无牵挂的老人一样试着闭一下眼。我双手在她眼前比画着，形同催眠，引导着她。陈青萍面部的肌肉缓缓松弛下来，垂在额头的湿漉漉的头发也显得无力了。但她悠长地深呼吸了两口之后，又紧张起来，嘴角紧绷地说：不行，还是不行，这眼睛好像不是我的了。

怎么会不是你的，你不是还看得见东西么——这是几？我竖起中指问她。

Fuck you——你别闹了。我能看见东西但我确实又控制不了它们了。

我又俯下去，盯着她的眼睛仔细看。那两个美丽的玻璃球岿然不动，一转不转，和我对视着。我想让目光逐渐深入到它们的内部去，但马上又被一层无形的薄膜状物体拒之门外了。她说得对，这双眼睛确乎不再属于她了，而仅仅是租用了她头骨上的两个深坑而已。它们分据一头，各行其是。

怎么办呢？我闭不上眼睛了。陈青萍的声音里滑出了一丝悲伤：怎么搞的？这是怎么搞的？

没关系，没关系，别着急慢慢来。我把手指向下移，蹭了蹭她的嘴唇，让她稳定下来。咱们试一下别的方法好不好？你看，我用手把你的眼睛合上，轻轻地，然后你只要保持着不睁开就可以了。

行，行，你合吧。她略微仰起脸说。我像处理遗体一样把手掌从她额头上抹下来，合上了她的眼皮。但手一拿开，露出的还是两只硕大的圆眼睛。

不行不行，还是不行。她急躁了，手挠着床单。

别这样好不好，陈青萍同志？我也有些烦了，就又点了一支烟：我觉得你好像在跟我开玩笑呢，你是不是逗我？

狗屁！我有那么无聊么？只有你们几个才会无聊到玩儿什么不准眨眼的游戏。她勃然大怒，一下子站起来，披头散发，气势汹汹。

我立刻又谄媚了：别生气好么？我心爱的女郎，请原谅我这黑奴的鲁莽——我其实不是那个意思，只不过是想换个办法，给你点儿心理暗示，帮你自我调节一下。

好了别说了。陈青萍又躺下去，直愣愣地听任眼睛们看着屋顶：但现在怎么办呢？还是不行啊，我忽然觉得特别可怕，你不觉得可怕么？试想一个人闭不上眼了……

别害怕。我又鼓起精神来：那让我们再试一下好么？这次我捏住你的眼皮，捏的时间长一点，帮它们固定在关闭的状态下，而你只需要放松，放松就行。我说着就那样做了，她很配合，眼皮轻而易举地被捏上，并没有丝毫阻力。

怎么样？我说，闭上了吧？重新回到黑暗之中，是否心中充满了光明？

行，行。她说，我觉得行了，把我放开吧。

我刚一松开手，那双眼睛就像安了弹簧一样啪的一声开启了，而且显得更加巨大，更加明亮，简直是凶光四射了。我们愣了一下神，沉默了几秒，都不知道说什么好了。

怎么会呢？不会有那么操蛋的事儿的。我又点上一支烟，尽量不去看她的脸。我假装思索着研究着，但却已经对她的眼睛失去了耐心。我意识到，今晚的活动有点儿跑题了，我来这儿不是关心两只永不瞑目的眼睛的。我只是个业余女性生理学家，不是中国科学院动物所那些感光生理学家。

于是我扭过头，看着陈青萍的胸脯说：我觉得你闭不上眼睛哈，完全是因为你现在太想闭眼了。你的注意力都在眼睛上了，越集中注意力，越欲速而不达，这个道理你也懂吧？

我懂。陈青萍像没听见一样机械地回答。

那就让我们干点儿别的什么吧。我说着把手放在了她的胸脯上：我是说，该干点儿嘛干点儿嘛吧，也就是一兴奋一疲倦一忘乎所以，它们就自然而然地好了，对不对？

她转过头来盯着我，片刻之后说：好吧。

于是我又把烟掐了，重新在通往主题的大道上一往无前。陈青萍瞪着两只大圆眼睛，像盯住猎物的狸猫一样把我压在身下，叼住了我的嘴。眼睛太矍铄，太明亮了，让我不得不闭上了眼。当我们几个摸爬滚打，腾挪雀跃，我又把她压在身下之后，我还是闭着眼。这感觉不太好，让我感到不是在搞别人而是让别人搞。直到热身活动做完，选手们走上跑道的时候，我才歉意地说：让我们关了灯吧。

你就那么怕看我的眼睛？

不不，我只是想回味多年前的那些夜晚——头顶上只有月光。我不由分说关了灯，紧接着便带着她起跑了。她上面的眼合不上，下面的眼也很容易打开，所以我们进入高速奔跑的状态很容易，配合也依然严丝合缝。我们的头顶只有月光，我渐入佳境，忘我地挥汗如雨，呼吸越来越宏大，看到她也在全身心地奔跑着，被不可遏止的力量催动，御风而行。她的声音像歌声一样从胸膛深处飘上来，缠绵婉转，四下传开。但此时我却看到了不止一个月亮——三个，一个在窗外，两个在床上——不只是月亮，简直是两部探照灯。

我吓得又立刻闭眼，躲避着她又深入着她，在欲进又退欲说还休中越陷越深，终于舍生忘死地起飞了。

完事之后，我都没有再去吻她，而是背对着她躺着，点上了一支烟。陈青萍喘息渐渐平息，从后面抱住了我的肩说：

别走了。

不走不走。我看着烟雾被照得像舞台效果一样明亮，说：我什么时候说我走了？这么晚了我去哪儿啊？

那就好。陈青萍贴着我说，我害怕。

你——好点儿了么？

和原来一样，闭不上眼。

没事儿，没事儿，一会困了睡一觉就好了。我也担心，如果她这样持续下去，又怎么睡觉呢？对于一个初次丧失闭眼能力的人，我们没法指望她像鱼类或者张飞那样安然睡去。但我也没办法，我觉得自己没力气也没必要考虑那么多了，便把手伸到背后搂着她：睡吧，睡吧，明儿就好了对吧？

对，对。她颤颤巍巍道。

我果然自己先被催了眠，轻轻睡去，梦见了汽车前灯、两个太阳或双筒猎枪追着我满街乱跑，不知过了多久，直到汽车关灯，太阳陨落，猎枪双管齐发，砰的一声，我才醒来。左眼疼得厉害，我勉强睁开右眼，看到陈青萍脸色煞白，提着瓶威士忌酒坐在床边。她转过头来，两眼庞大无比，几乎像遥远的外星朋友那样占据了整整半张脸，但却已经干涩，没有光辉了。

不行，她哽咽着，一句三颤地说，我还是闭不上眼，我睡不着。

我开了灯看看表，已经夜里三点了。

那也不要喝这么多酒。我夺下她的酒瓶子，那里面几乎没酒了。我把剩下的就一口喝了，说：我操，这是怎么搞的？

我怎么知道！我就是睡不着！她猛跳起来，对我尖利地吼叫，声音在黑夜里几乎震碎了玻璃：你说，你们为什么玩那个浑蛋游戏？

好了好了。我按捺着情绪，把酒瓶扔到地毯上：我不也没问题么，只有你闭不上眼。

那我为什么闭不上，为什么闭不上呢？她歇斯底里地跳着，扯着自己的头发，还试图用头撞墙。我把她拽到床上，按住她：那咱们就粗暴一点好不好？我说着跑到厨房，找了两个塑料夹子：

我们把它们夹上好不好？

她大口喘着气，也不反抗。我就用夹子一边一个，咔嚓咔嚓，把眼睛夹上了。

不管用！不管用！她猛地又叫嚣起来，没头没脑地乱抓乱打。我挨了两个嘴巴之后，重新把她按住：这个不管用咱们就用钉书器！

陈青萍悲伤地哀号起来。我看到她的两只眼睛又在一动一动，像两只即将破壳而出的小鸡那样锲而不舍，片刻之后，一边一个，咔嚓咔嚓，夹子居然被它们挣脱了，眼睛又露了出来，大得能装下一只拳头，昂然瞪着。

而她却安静下来，一句话也不说。我望着她，等了一会儿，刚要躺下，又听到她说：

太可怕啦。

怎么可怕啦？我说，不还是闭不上么？

不光是闭不上，确实太可怕啦。她紧紧攥住我的手，指甲几乎全抠进肉里：我感觉不到时间的流逝了。

什么？

我是说，时间在我眼前停住了。我看得见周围的东西，却看不见它们在动了。

那这是什么？我把手伸到她的眼前晃着。她回答说：是，我是看见了手，它像照相底片一样在我眼里出现了，一动不动。

我把手拿开，她说：手从底片上消失了。

完了。她接着说，我感觉不到时间在走了，我觉得我被封闭在一团琥珀里，一动也不动了。我周围的一切都是凝固的了。

我有些明白了。陈青萍不能眨眼，所以她的时间停止了，她失去了时间。这不是科学中的问题，而是人生中的道理。我可怜起她来，低下头亲了亲她的额头说：没事的，这只是你的感觉吧，你没听见钟表还在走么？

她说：钟表在走，但所有的嘀嗒声连在一起，没有间隔了。

那也没多大事儿，世界也该停止了。我说着，低头看她，却看到她的眼睛里有极深极小的一道光，越来越近，越来越多，不一会儿，眼睛湿润了，眼泪从眼眶里滚出来。一颗接一颗，最后像渐大的雨一样连成了线，涌过脸颊、嘴角、脖颈和胸脯，滚滚不止。不一会儿，她的半个身子和一片床单都湿透了。她为什么会流眼泪呢？

陈青萍解释说：我都有多少年没哭过了，似乎是从八岁那年起。他们都说我是个怪人。你觉得奇怪么？

那就是了，你在补偿没流过的眼泪啊，姑娘。你看，你都流了这么多眼泪了，流完了就好了，把该流而没流的眼泪流出来，你就可以正常地睡觉了。

于是陈青萍就一声不吭地流着眼泪。那里面有疼痛的眼泪、难过的眼泪、丢了东西之后的眼泪、被人非难之后的眼泪，肯定还有爱情的眼泪，越到后来，爱情的眼泪就会越多。而一个人这么多年应该流多少眼泪呢？

也许一个水缸也不能装下那些疼痛、委屈、欣喜和爱情。

我不断拍着她的肩膀说：姑娘，这就好了。

你叫我什么？

姑娘。

陈青萍忽然小声说：我爱你。

我想动一动，却被自己的身体黏住了。

小马，我爱你。她又说，那时候到现在都是。你对我最好了。

我也爱你，姑娘。我说。我们好像对这句话默契很久一样，静静地说。但我知道，我听到了一句曾经渴望过、一直没把握、现在又不能接受的话。我轻轻搂着她，看着眼泪们前仆后继，不留痕迹，但却想象着她与我非常遥远，咫尺天涯。这些年来，我也没有流过一滴眼泪，我成功地摆脱了感伤主义情绪，也习惯于在不断的贴身而过中寻找动态平衡了。归根结底，我和她曾经是一类人，归根结底，我们现在又是两类人了。虽然我还愿意搂着她，观赏那些眼泪，但仅限于看看——绝不呼应。

时间毕竟还在流动，因为眼泪没有停息。过了很久，陈青萍说：我好一点了。

是么？那就好。

但头晕得厉害，浑身都没劲儿。

现在你能闭上眼了么？

她试了试，又说：不能。

那我们还是找个医生看看吧。

不用了吧。她说。

还是看看吧，这样下去，也许会失明。我把她安置好，站起来，给一家上门服务的私人诊所打了电话。

怎么这么晚了还打电话？一个中年妇女的声音没好气地说。

晚么？搁美国这是白天啊。我说。

那你干吗不给美国医院打？

病人虽然处在美国时间，可却在中国得了病。

外宾啊？什么毛病？

闭不上眼了。

闭不上眼了？那可不好说，主要分两种，神经性的和精神性的，其区别您能分清楚吧？这是医学常识，当然神经性也会诱发精神性，精神性也会导致神经性……

您真专业——快点儿来好么？病人都快不行了。我说了地址。行行行，二十分钟以后我去接您一下，接不着您就直接上来好了，屋里也有人。

我回到床边，陈青萍已经背对着我躺下了，听到我的声音也不动。她也许是因为脱水晕过去了，也许是瞪着眼睡着了。我叫了她一声，还是没有回应。我便又把手伸到那一面她的脸前晃了晃，也没有动静。她不会就此死了吧？这个念头让我一身冷汗，但下一个念头却在催我了。我慢慢穿好衣服，向门外走去。快到门口时，我又回头看了她一眼，此时她的声音却飘了过来：

小马，你去哪儿？

我去接一下医生，怕他找不到门儿。

你还回来么？

回来。我说着，又转身出了门。我匆匆走下楼梯，来到外面。正是黑夜最浓的时分，路灯成群结队，却分外孤独，大路上一辆车也没有，却清晰昭显着无数人的足迹。我点上一支烟，也不选方向，飞快地沿着路走起来。陈青萍住的那幢楼离我越来越远，不过这一次是我把她抛在了身后，准备一个人走进变化无穷的黑夜，并等待着在某一个地点，时光突然停止。

「小李还乡」

1

　　早就听说小李要回来，乔薇却还是有种始料未及的感觉。那天她在学校上完最后一堂课，正在收拾课本，就听见袁兔兔在对同学们吹牛。袁兔兔的长相人如其名，他很矮很胖，偏又长了一对硕大的门牙，抿着嘴也藏不住，再加上两只乌光锃亮的豆眼，像极了一只圆滚滚的兔子。因为学习成绩和体育成绩都不好，这孩子平时总受别人欺负，欺负完了就找乔薇来告状，让她去给主持公道。然而现在，袁兔兔可有了话语权，他的豆眼撑大了一圈儿，两颗门牙在小肉嘴里钻进钻出，正在描述他的小舅。看我小舅给我买的耐克鞋，深圳的；看我小舅给我买的西铁城手表，香港的。小舅跟我妈说，深圳的早饭可以吃到中午十二点，那叫早茶；小舅还跟我妈说，深圳的房子贵也贵不过香港，深圳论米卖，香港论尺卖，一尺就要几万块的，因此那边的人就算有钱，房子也大不到哪儿去，他去香港的一个老板家里玩，坐在客厅沙发里，伸伸脚就能踢到电视了……

袁兔兔是小李的外甥。不过在乔薇的记忆中，他们家过去和小李的联系并不紧密。事实上，自从袁兔兔的妈嫁给了县城里的农药公司采购员，对寡母和弟弟就是唯恐避之不及的了，每年春节都是从初一到十五全在婆家过，娘家这边仅仅托人捎回两只鸡、一条腊肉就算了事。而那鸡和腊肉，几乎是小李母子一年到头最荤的几顿饭了。

回忆到这儿，乔薇却不愿再往下想了。她有些害怕被带进过往的时光中去。她迅速绕开学生们，到车棚开了自行车锁，想要赶紧回家。还没偏腿上车，就听见袁兔兔隔着窗户对自己喊：

"乔老师再见！"

他的声音很明亮，像鼓号队的喇叭，这让她感到有几分故意的成分在里面。他这么一喊，其他学生也纷纷扭头："乔老师再见！"

乔薇只好对那些小脑袋们说再见，蹬上车就走。骑到校门口，她径直从看门老头的面前飘了过去。在以往，她是对"出校入校"要下车这个规定最以身作则的。

　　中心小学的新址选在了离镇上几公里远的半山腰，因此乔薇每天下班回家，要走一段崎岖的山路。柏油路两旁是看惯了的一片苍翠，不时有飞鸟从她肩膀上方惊起。因为是下山路，家里又有一堆事儿等着，这条路她从来是走得很快的，然而今天却有意无意地放慢了，屡屡在拐弯处捏住刹车，看似在望山景，实际却是发呆。风在身旁鼓动，让她的头发与衬衫下摆轻轻晃动，但却并不凉快，脸上身上不知不觉出了一层汗。

　　虽然走走停停，但也无法拖延预料中的场景发生。当她骑车进了镇子，就听见商店与卫生院门口的闲人正在议论纷纷。不用说，话题就是小李了。经过镇上最大的"湘村情"酒家时，就看见门前停了两辆车，一大一小。大的是辆十几座的丰田面包，小的是辆黑色的奥迪。此时还没到饭点，已经有一群满嘴油光的男人从屋里出来。他们打开丰田面包的后备箱，从里面搬出一人多高的大卷毡布来；一个头目样子的男人打开奥迪车门，从里面拿出一张单子，又打手机，向什么人汇报什么事情。

这群人里却没有小李。乔薇默默地扫了他们一眼，赶紧低头走开，从巷子拐进了自家的小院。一边开门，她一边又觉得自己可笑：小李没来呀，她慌什么？还有，假如小李来了，她究竟是希望，还是不希望小李看见自己呢？

乔薇的胡思乱想随即被打断。母亲正在一楼查对这两个月的医院单据，二楼则传来父亲的呻吟。当了半辈子语文老师，半辈子小学校长，父亲的呻吟也浸染了文气和古风，听起来一波三折，所用的感叹词也仿佛不是"哎哟，哎哟"，而是"嗟夫，嗟夫"的，如同过去给学生们朗读"唐宋八大家"。这音调把一幢二层小楼烘托得更加凄凉败落了。曾几何时，这里可是镇上最显赫的住宅之一呢。乔薇和母亲对视一眼，见母亲没话，她也没话，径直到厨房去烧饭了。父亲下周又要透析，照例是要熬几天粳米粥喝，此外中药也不能停，煎药的小炉子刚好坏掉了，吃完饭得到街上买一只新的。

做完饭，乔薇和母亲对坐吃了两口，仿佛没怎么动筷子就都饱了。父亲的饭则是用托盘端到二楼的卧室里去。这几天，他的脚踝和大腿肿得下不了地，脖子几乎和脑袋一边粗了。好歹把一顿饭糊弄过去，乔薇就从客厅的五斗橱里拿钱，想到杂货店去。然而拉开抽屉，发现里面只剩了几张零票。

这时母亲才说话："又空了。"这说的是放钱的抽屉。

乔薇说："我下个礼拜发工资。"

母亲说："我下午跑过医院，医生说，往后透析要加到一周一次了。"

乔薇茫然地点头，一把将零钱攥在手里，看起来简直像要逃跑。而母亲话一开头，就停不下了：

"三个人都挣钱，却填不满一个窟窿。"

"听说许多城市透析是能报销的，这个政策为什么还不在我们这里执行？"

"要是当初不听陈老师的怂恿就好了，那二十万不进股市，可以在镇上开一家商店，我一个人完全照应得来。可是你爸不听，现在好了，全套住了……"

过去母亲说这些话，乔薇总会宽慰她几句，然而今天却只感到口干、疲惫，连开一开嗓子的力气都没有。当她拢好头发要出门时，母亲忽然又唤住她：

"乔薇……"

这一声叫得郑重而意蕴深长，仿佛要和她谈一件很不好谈的事情。乔薇身子不由一颤，回过头来凝视母亲。但母亲却已经低下头去继续查对账单了。在那一瞬间，乔薇甚至以为自己幻听了。

正是巷子里的街坊出来纳凉的时间，乔薇出了门，分明能感到气氛不一般。人人带着紧张和好奇，似乎正在经历什么大事件。再往自家院子东边的空地一看，刚才那两辆车就停在过去小李家的两间小瓦房门前。房门已被打开，工人们小心翼翼地将屋里的家具器皿搬出来。那些东西都是乔薇过去看熟了的：小李老娘的木床、陪嫁箱子、他家漆面斑驳的饭桌、补过两回的米缸……它们被搬运到在几十米外的榕树下，码放得错落有致。又有人将早准备好的毡布罩了上去，一层不够，直盖了三层，而后再用钢丝扎牢。看那仔细的架势，仿佛收拾的不是破烂家具，而是什么易碎的精细物件，甚至是有历史价值的文物，一定要做到绝对地防风、防雨、防紫外线才行。

屋里搬空了，又是那个工人的头目拿出手机，向不知何方神圣汇报工作："……已经转移好了，我嘱咐他们小心，一定保存完整。明天一早就可以测量地势……设计图是您早就首肯过的，下个月就可以动工了。李总放心，占谁家的地，补偿款都是要先谈好的。不留后患，不找麻烦。"

这人一手拿手机，一手叉着腰的姿态非常豪壮，加上声音洪亮，底气充足，这通电话就不完全是私人汇报，倒像是对镇上居民的郑重宣告了。男女老少瞪大了眼，捕捉着有可能与自己发生关系的信息。听到"动工"时，人群里浮动起一声"哦——"，再说到"李总"，"哦"就变成了感慨的"唉——"。又到了"占地"和"补偿款"，却鸦雀无声了。众人的眼睛随着工头的眼睛，顺着小李家老屋的外延在周围打转，将邻家的房屋看了个遍，同时脑海里默默地测量、规划、估计、盘算起来。

只有乔薇想的不是这项从天而降的工程。她的目光追随夕阳的最后一缕余晖，顺着敞开的窗子，往小李家的老屋深入，再深入。她看到了大片脱落的墙皮和挂着蛛网的房梁，仿佛还闻到了屋里弥漫着的尘土味儿和霉味儿。这味道带着一种怀旧的气息，让她的念头再也遏制不住，一条线地往旧时光里穿回去。她想起了小李走的那天晚上，自己从自家院墙里翻出来，扶着他瘦削而坚实的肩膀跳到地上。当时两人就站在这片空地，好不容易见了面，却又谁也不看谁。男的抬头望天上的月光，女的低头看地上的月光，月光都是银白如锦缎，天上地上却大不相同。这一番独处，仿佛是为了让两人适应从此以后的分别。

静默良久，小李就说："那我走了。"

当时的乔薇对小李说："你走——好。"

此时的乔薇鼻子一酸，几乎涌出眼泪来了。

2

两人好上又分开的事儿，大约发生在七年以前。其间的过程很常见，是许多人都曾经历过的。最开始，他们都在县一中上学，是寄宿制。来自同一个镇子，又是房前屋后的邻居，总会互相关照些。乔薇长得清清秀秀的，小李刚好也清秀，乔薇的成绩中等偏上，小李比她还要好一点。天长日久处下来，眉眼间便带了不比常人的亲昵，外人看来也分明是一对青梅竹马。

中学的时候有高考的压力，老师又像防贼一样盯着，自然不敢太公开。而上了大学就自由了，两人考上的又是省城里的同一所师范院校。上那所学校，对乔薇而言有女承父业的意思，对于小李，则是因为可以减免学费，还有生活补贴，否则以他的分数，应该可以考到北京或者上海的大学。如今回想，他们正经八百谈恋爱的日子，只是在大一大二的那两年。恋爱的过程，也是寻常学生情侣的标准动作：一起吃饭，一起散步，一起去图书馆，周末去礼堂看一场电影，谁病了另一个人就去照料……因为已经熟了十多年，男孩女孩都没有表现得太兴奋，当然也不会因为性子不合而吵架。就像一辆拿过龙上好油的自行车，蹬上去就能骑，平平稳稳的很熨帖。要不是每晚把乔薇送到宿舍楼下，小李会轻轻拥抱她一下，借机耳鬓厮磨个两秒钟，很多人都会把他们当作一对表兄妹呢。

在记忆里，小李的性格格外温和。他不言不语的，一个男孩儿，脸上总挂着腼腆的笑，两个人在一起，常是乔薇在说话，他耐心地听。不但听，而且能记住，比如一个月前乔薇说江心公园的桃花要开了，下个月，他就从饭盆里省出两张门票钱，带她去看桃花；再比如乔薇说过一次她不喜欢闻炒菜的油烟味儿，以后每次去食堂吃午饭，他都会先占好一个靠窗通风的位置等她。可见他对乔薇的话是多么认真呀。有几次，乔薇故意对小李耍脾气，明知道自己不讲理还非要把不讲理坚持到底，小李也平平静静地依着她，连受了委屈的表情也不往脸上摆，最后弄得乔薇倒先不好意思了。一个人的时候，乔薇时常会总结性地想一想两人的关系，她觉得在大学里能谈上一场和睦的恋爱，真是挺幸运的——没看别人都是五天一大吵，三天一小吵，甚至要闹到自杀的地步吗？而这份和睦，多半是小李的功劳。

和小李谈恋爱的事情，乔薇没有告诉她父母。是有镇上的人到省城办事，在江边桥头看见他俩手拉手地闲逛，这才把消息传了回去。那时乔薇的父亲刚被委任为中心小学的校长，正在负责校舍建设的事情，两栋教学楼、一个操场的工程，都得由他全盘操持。人有了事儿也有了权，状态就很风风火火，白天要接待县里的视察领导，晚上又要被建筑公司的人强拉去赴宴洽谈，忙得不可开交，也不再牢骚"百无一用是书生"了。他觉得自己的用处可大了。因此得知女儿恋爱之后，乔校长最初是一副不太上心的样子，只是打了个电话，让乔薇

"把握好"，别耽误学习。

乔薇答复父亲："您放心。"

这时她还以为和小李的事情就此顺顺当当了呢，直到那年暑假回家，才发现远非如此。当时她刚一进巷子，还以为走错了路：原先的三间平房不见了，一栋贴着瓷砖的二层小楼赫然拔了起来。小楼的样式和当地其他有钱人家的宅子大同小异，只是门口贴了乔校长亲手写的对联，便有了"诗书传家"的意味。早就听说家里筹备盖房，只是没想到盖得那么快，估计是那些建筑公司在兴建小学之余，就顺手把校长家的工程效劳了。乔薇脸上挂着喜气四处张望，本以为父母会先向她介绍新家的装修和设施，没想到父亲的第一句话却是：

"上来，谈谈你的个人生活。"

如今和父亲谈话，需要爬两段楼梯，才能进到他专门的书房兼会客室。这个铺垫更使谈话平添了几分郑重。在沙发上坐好，仰视着大班椅上的父亲以及父亲身后那套胡桃木书柜，乔薇的心没来由地沉了下去，随之脖子也僵了。

乔校长的意见很简单：不同意。然而毕竟是教育工作者，他知道强硬地压服女儿，也许会有适得其反的效果。于是他迂回隐晦地启发乔薇：人的一生很漫长，今天看起来割舍不掉的情感，放在以后回想，多半是意气用事的结果；然而一旦为了意气用事打断了设计好的生活轨迹，那么将来多半会后悔；你觉得他这也好那也好，那些都是在无事一身轻的状态下看出的"好"，如果陷入烦琐、庸常的生活里，你还会觉得他好吗？天长日久，他还会对你那么好吗？如果不好了，这个人总得剩下一些别的可取之处吧，他有吗？

至于不同意的原因，也很简单：小李家穷。仍然很符合教育工作者的身份，乔校长把"穷"也有条有理地分了等级，概括出"一般性的穷"和"不一般的穷"。他叹了口气说，要是一般性的穷，那也罢了，顶多是自己受罪，可是小李家的情况，真是在穷里都要垫底，是还要连累别人的穷。他爸是在鞭炮厂的仓库里点火盆取暖被炸死的，打那以后，他们家借过多少外债呢？恐怕自己都数不清。就这样，厂里的损失还没有赔偿干净呢。哪年春节没有人堵在门口要账？街坊四邻都看习惯了，若是听不到小李家门口的哭天抢地，都不算过年了。他姐姐自从嫁出去，就和娘家断了联系，这是在干什么呢？在躲穷啊。人都有自己的日子，谁甘愿永远被拖累下去？

　　说到这里，乔校长脸上有些尴尬。他大概认为自己讲得有些过分了，不太符合一个读书人，尤其是读过几年古书的人应有的立场了。于是他话锋一转，又把立场"拗"了回来：我之所以持这个态度，可不是嫌贫爱富，而是爱女心切啊。为了爱女心切，我宁可被指责为嫌贫爱富。现在咱们家里是什么态势，你也看到了吧，蒸蒸日上啊，而我对你的期望比蒸蒸日上还要绚丽，最好有一飞冲天的效果。你的学业不应该只念一个本科就结束，将来工作的地方也不应该是在这个镇上、县里、市里。听说如今出国留学在大城市的年轻人里已经很普及了，你也可以往那个方向努力一下嘛。费用不必担心，家里已经开始筹备了，基本不成问题。从这个角度想一想未来，再想一想眼下……做父母的苦心你懂了吧？

　　乔校长当语文老师的时候就是好口才，干了一段时间的领导，更是把自己培养成了演讲高手。对女儿的这一番教导，他说得入情入理，甚至可以说是贴心贴肺。最后，简直是神来之笔一般，他的口吻忽然转入了凄然和无奈：

"小李这孩子，我也算是对得起他的了。从小学到中学，我个人出钱给他垫付过多少回书本费了？他考上大学那一年，他们家亲戚都没表示，还是我这个启蒙老师给他掏了路费……这些事情我都没告诉过你。"

说到这个份儿上，乔薇心里再疼，也不得不站在父母的角度考虑问题了。她当时没答复，父母也不再施压，允许她"再考虑两天"。然而此后乔薇再出门去，就感到背后盯了两双眼睛，他们分明是提防她又去找小李。这时乔薇便会隐隐生出一丝愧疚来，觉得对不起父亲给她设计的美好未来，也对不起这个焕然一新的家。这个职位和这栋房子，都是父亲苦熬了半辈子才熬出来的啊。

于是乔薇和小李见面的次数就少了。刚开始，小李那边并没有什么反应，一来因为他假期都要去县里找零活儿干，赚几个钱贴补家里，二来两人本来就不习惯在老家公开地出双入对。夏天转眼过去了大半，山林深处吹过来的夜风带了半分秋意，那种异样的感觉才在他们之间生长出来。小李想找机会和乔薇说点儿什么，乔薇却不是闷在家里，就是到别处去走亲戚，再不就干脆陪乔校长出门应酬。屡次三番躲躲闪闪，再傻的人也能察觉到点儿什么了。这时小李心里也发了狠，索性反过来把乔薇给搁下了。有几次乔薇自己忍耐不住，晚上转到小李家门口站上一会儿，小李却装作看不见她。

乔薇没有想到小李那么一个温厚的人，骨子里却是这般硬气。从事态上讲，两人其实已经获得了就此断开的契机，但郁积在心底的伤感却越来越浓厚，简直到了不可遏制的地步。乔薇开始大白天地发呆、恍惚，脸色憔悴，夜里也不知做了个什么梦，就一个人哭醒了，可是想要回忆那个梦，偏又空空如也地无迹可寻。并且，在家里的日子还是好挨的，毕竟有一扇大门和一对门神似的父母给她挡着，乔薇更害怕回了学校之后。到那时候就必须直接面对小李了，而她又该怎么面对小李？

恰巧在这时候，又横插进来一档子大事。小李的妈去世了。据说是一天晚上下雨，她举着伞去迎干活儿回来的儿子，在石板路上滑了一跤，就脑出血了。等到小李回来，看见母亲横在路边的水泊里，赶紧奔卫生院喊来医生时，人已经凉透了。镇上的人都感叹这妇人命苦，一辈子没过过两天好日子，又感叹寡母一亡，李家就算彻底散了。办丧事的钱还是乔校长出面，从镇政府支取了一部分，又牵头联络几户殷实人家，共同补上了余下的缺口，总算把过场走得像模像样。出殡那天，小李久未露面的姐姐也回来了，却抱着儿子缩在丈夫身后，和披麻戴孝的弟弟保持着距离，明摆着不把自己当家里人。充作灵堂的南屋门口，站着几个满脸愁苦的男人，他们既不进门吊唁也不和亲属讲话，只是你一根我一根地抽着烟。众人知道这些都是债主，生怕落得个人死债销的结局，便要在今天讨一个说法。在亲戚和冤家的围绕之下，小李垂手立在母亲牌位一旁，看起来孤单极了。而乔薇跟在父母身后，只觉得他离自己非常之远，直远到隔了几重山、一片海。她隔山隔海地望着小李，又心惊胆战，害怕他从山海那边对自己投来一瞥。还好小李始终机械地肃立、答礼，就连乔薇去给他妈鞠躬时，眼睛仍然扎在地面上。这让乔薇吁了一口气又提了一口气。

作为镇上热心公益的头面人物，又是小李的启蒙恩师乔校长率领家人留到最后才走。当宾客渐渐散去，堂前只剩下几个跃跃欲试的债主时，乔薇看见父亲沉吟一下，缓缓地向小李走过去。他拍了拍小李的肩膀，将这个年轻人引入了偏房。两人就在那里低声说话。乔薇等在外面，从虚掩的门里望着父亲的一边肩膀，还有小李半条胳膊。她已经料到两个男人在谈论什么。因为和自己相关，只觉得整个儿身子都在运劲，腿绷得紧紧的，膝盖不住发抖。不一会儿，她又看到父亲的半边肩膀动了动，一条手臂在门缝里现身，捏着一个信封往小李的手里塞。小李的手没做阻挡，僵硬地接了。这时，乔薇的心里便涌上一股怅然和释然混杂的感觉来。

于是便有了小李离乡时，乔薇去送他的那一幕。当夜，两人除了事务性的交代，再也没说别的。就连一句珍重惜别的话也没有讲。小李告诉乔薇，他已将老宅抵给了债主们，仍然是不够还账的，但也只能等他在外面挣到钱再说。乔薇父亲给的三千块钱，是他南下广东的盘缠和本金。他忘不了乔校长的恩情。乔薇提议，她返校后可以去向老师解释情况，争取为他申请保留学籍一到两年的政策。小李则说不必了。

小李转身上路以后，乔薇在树下望着他的背影消失在夜色中。行色匆匆，薄薄的纸片一般的身体轮廓，被风一吹就彻底不见。此后，乔薇却仍然没有回家。她独自在镇上踱了两圈，又走了出去，到山路旁坐了不知多久。她想找个地方哭一场，但是意识到随处都可以哭的时候，眼泪却干涸不见了。凄凉之中竟又生出几分没趣，只听得到狗们东一声西一声地闲叫。等到精神彻底疲惫了，她才往家走去。这时天边已经浸出一层湿淋淋的白亮，再过一会儿，鸡都叫了。乔薇想：小李赶上夜车了吧。

回到家里，看见父母已经起来，或许是根本没睡。他们正在说话，看见女儿就住了口。乔校长凝视乔薇几秒钟，干咳一声上了楼。乔薇低了低头，不好解释什么，径自往房间里走去。这时母亲跟了上来，话里带着恼怒：

"不是就在镇里吗？后来又去哪儿了？"

乔薇说："又到公路边上……不远的，没上山。"

母亲说："你一个人去的？"

乔薇没说话。

母亲的声音陡然压低，脸上带了莫大的警惕："除了送他……你们没干别的什么吧？我本来想把你叫回来的，是你爸不让。他怕邻居听见。"

听到这话，乔薇心里咯噔一声，像是有一根簧断了，牵引得双肩一震，身子差点儿塌下去。时至此刻，她对父母的怨念才一览无余地泛了上来，恣肆横流。她的脸也冷了，一派凛然，横了母亲一眼，砰地关上了自己的房门。然后，整夜不见踪影的眼泪也探出了头，但是这眼泪的意味已经不一样了。

3

乔薇自认为是一个逆来顺受的人，而在这种性格的反作用之下，她对生活的心理反应也变得迟钝了。当她意识到自己受了伤害时，一起受伤害的小李却已经与她天各一方，一年、两年不闻音信。家里人都认为那件事情"翻过篇儿"去了，然而只有乔薇知道，自己正在承受绵延不绝的创痛。在情感方面，她甚至觉得自己类似于一只史前的巨型动物，食草恐龙什么的——因为神经传输缓慢，反应总是慢半拍，决心抵抗天敌的时候，已经被咬得体无完肤了。

这些年来，她只要独自发呆，脑子里都会填满后悔，还有惭愧。怎么当初父母让她和小李断，她就真断了呢？竟然连反驳的意愿也没有。后悔和惭愧在她心里发酵变质，形成了一种说不清道不明的古怪态度：失落，孤僻，还有近乎破罐子破摔的自我惩罚。以前她的话就不多，后来愈发沉默寡言，给人的感觉，一天到晚除了吃饭嘴就没张开过。以前她也挺勤奋的，后来却对什么事情都心不在焉。这导致乔校长对她的殷切期望落了空。大学毕业时各科成绩只是勉强及格，别说北京上海的高校了，就连本校的研究生都没考上。出国留学更是连申请都没申请，乔薇的解释是"错过日子了"。那年的就业形势又格外严峻，在招聘会上碰了几回壁，还没到头破血流的地步，她自己却先泄了气，最后终于回到镇上，到父亲一手建起的中心小学当了一名英文教师。领着她报到的时候，父亲的神色是怅然的，而乔薇却生出一丝快意来。

温顺并且迟钝的人，还有一个相生相伴的特点，就是会在某件事情上格外执拗。教了两年书，亲戚朋友开始给她介绍对象。那些男青年的条件，在本地都算相当杰出的了，有新提拔的副乡长，还有县里厂子的供销科长。然而乔薇不是不见，就是一见面便给人家甩脸子，仿佛生下来就跟男人有什么仇。几个回合下来，她落下了脾气古怪的名声，保媒拉纤的也不再登门了。父母着了急，乔校长揣测女儿的心思，认为她是不甘心在小地方窝一辈子，便拉下老脸，拜托自己那些在大城市工作的得意门生，问问人家有什么合适的资源。照片寄过去，还真有一见钟情的。有个武汉大企业的年轻工程师也不知是犯了相思病还是心血来潮，居然开着一辆雪铁龙，千里迢迢地过来相亲。这人祖籍东北，三十出头，长得仪表堂堂，而且说话开门见山，非常直爽。他向乔校长保证，如果乔薇愿意跟他，结婚之后不用担心工作的问题，可以享受"杰出人才"家属的待遇，调进厂子里的附属小学继续当老师。可是这么大的一番诚意，不要说获得乔薇的青睐了，她就连看也不正眼看人家一眼。父母留工程师吃饭，她干脆躲到学校里去。这就近乎无礼了，乔校长夫妇尴尬得要命，除了一个劲儿地给客人夹菜，再也说不出什么。工程师嘴里塞着油汪汪的土鸡土鸭，摇头苦笑道：

"权当自驾旅游一趟了吧。"

乔薇就这么拖到二十八岁，已经成了名副其实的老姑娘。而这时，她的婚事就不再是家里的主题了。坏事一窝蜂地拥了上来：离退休还有三年，乔校长忽然查出了尿毒症；股市大跌，家里的二十万曾经变成过五十万，一转眼却连五万也不剩了。病人是个无底洞，一点积蓄却又填进了另一个无底洞，如今的局面，只能靠乔薇一个人撑着。她倒是处变不惊，上班讲课，下班尽孝，辛苦是辛苦，但也一切井井有条。都说女大不中留，留来留去成冤家，可是乔家的女儿却是家里的恩人。父母那边早从埋怨变成了感激与愧疚，乔薇自己却是庆幸的：要是当初考学考走了，或者嫁人嫁走了，家里这个样子可怎么办呢？多亏留了下来。但她又会再往前多想一步：自己是怎么就留了下来呢？是因为小李吗？此刻她已经不再纠缠于谁是谁非，谁对得起谁谁对不起谁了，她只是在蓦然回首的时候感到惊叹：自己竟然"守"住了七年。七年啊，还差一年日本人都打跑了，可是当初也没人让她"守"呀。小李走时，她记得他们算是清清白白地断了呀。

而现在，小李又回来了。

小李回乡的阵势，就像山间夏季的雷阵雨。山雨未来风满楼，人还没有露面，四处八方都传来他的风声。据说他人还在深圳，就已经把款子一一打到了过去债主们的账上，不仅连本带利如数还清，而且为了赎回了自家老宅，还另添了几万块钱的"保管费"。大家都知道那两间房当初是抵给鞭炮厂的，厂子里还不情不愿，觉得亏了，如今效益不好濒临倒闭，得靠小李的这笔钱才能结清上半年拖欠的工资。接着，又听说小李人已经回到了县里，之所以耽搁住了，是因为县领导把他当成了重要的投资商，正在一个宴请接着一个宴请地"做工作"。然后又传来了消息，说小李联络了一批深圳和香港的老板，准备合股在老家开设一间大型陶瓷制品厂，眼下正在马不停蹄地到处考察。

这个小李，真是今非昔比了。而对于小李是怎么发的迹，一时间各有各的说法。什么贵人相助，什么走通了上层路线，什么混黑道拿命搏来了第一桶金，每个版本都够得上一出传奇故事。不过大致的情节还是雷同的：他到深圳去打工，干的是装修这一行，刚开始也很苦，但因为肯干又有心计，不久就拉了一队人马，开起了自己的公司；在这个节骨眼上，恰逢其时地来了几个大单，从此就一发不可收了。而小李的厉害之处还在于有眼力，赌性大。装修干出了起色，他立刻转型，用全部资本盘下了一家陶瓷厂，给大品牌的卫生洁具做代工，又是三两年过去，摇身一变，就真成了大老板了。

袁兔兔那边吹得更具体也更邪乎，对同学们说他小舅的厂子有上千人，每天早晨集合点名唱《感恩的心》，声势比校运动会可大多了。还说有一次小舅在深圳喝多

了开车，前面有辆"本田"走得太慢，他一发脾气把
"悍马"的油门踩到底，将对方的三厢车撞成了两厢，
然后从窗户里甩出一沓钱：修车去，别挡道。而小舅没
结婚没孩子，因此最疼的就是他了，不出两年，他袁兔
兔就要去深圳，去香港，去国外了，他要跟在小舅的身
边，将来继承小舅的事业。乡下孩子眼皮子浅，几个同
学对袁兔兔的远大前程信以为真，立刻巴结上来，表示
"以后就跟兔哥混了"。袁兔兔竟然从受气包变成了孩子
王，带着一伙手下今天欺负这个明天欺负那个，闹得沸
反盈天的。乔薇看不过去，本来要管管这孩子，但是每
次想说，却又每次都开不了口。她知道这是中间横了个
小李的缘故，她隐隐地怕自己和他过去的事情被扯出
来，更害怕直接面对今天的小李。他是应该大变样了
吧，他变成什么样了？

　　该来的事情绝对不会因为害怕而拖延。到了这个星
期五的中午，校长忽然找到乔薇，让她下午不用上课
了，带着同住在一个镇上的学生一起到从县里过来的公
路边集合，有重要任务。乔薇猜到是什么事，心里一
紧，条件反射地问能不能让别人去。

　　现任校长以前一直是她父亲的手下，被铁面无私地

压了那么些年，因此现在对乔薇就更加铁面无私。他瞪了瞪眼："就你家近，你让谁去？"

没有办法，乔薇只好带了袁兔兔他们十几个人，前往镇上水泥路与县上柏油路的交汇口。他们连饭也没吃，赶到地方却发现另一些人早已候着了，是镇长率领着大多数"班子"成员。镇政府那辆"江淮"面包车横在路中间，两边的后视镜上还各挂了一朵红花，不是以前表彰会用剩下的，而是簇新的，正在迎风猎猎抖动。两支队伍会师，也不搭话，只是默默地继续等待。一直干站到下午两点多钟，孩子们饿得哼哼成一片，镇长那边才接到一个电话，说客人又被下到县里调研的市委副书记临时接见，这时刚在县一级领导的陪同下启程上路。一干人抱怨"上面"行程有变，为什么不早点打个招呼，学生们更是四仰八叉地坐到地上。只有乔薇仍在尘土里伫立，脸皮发僵，嘴唇干枯得丧失感觉，仿佛结了一层角质的壳儿。

好在这个镇子离县里很近，只要上了路，说到也就到了。正午的太阳刚往西滑了小小一截，几辆汽车组成的队伍便缓缓出现在柏油路上。镇长把香烟往地上一扔，招呼起来："到了到了。"两个工作人员随即从面包车里扛出一挂本地特产的十万响挂鞭来，就在路口摊开点燃，如同一条躁动不已的红蛇。硝烟弥漫中，学生们也不能闲着，他们在袁兔兔的带领下拉着手，雀跃着，用电视里庆典上少年儿童们的表情高呼：

"欢迎欢迎，热烈欢迎！"

那车队便在这浩大的声势中刹住，每辆车上都下来一两个人。前面的是副县长和县政府办的几个领导，后面就是小李和他带来的投资商了。镇领导自然迎上去热情握手，而这时袁兔兔又唱了一出好戏，他从学生们的行列里一骑突出，直冲向人群正中那个穿黑西装的年轻男人，拦腰抱住大哭起来：

"小舅，你可算回来啦！"

乔薇的脑子里这时才有了点儿意识，她的第一反应是纳闷：小李离家已经七年，他走时袁兔兔才刚三四岁，再加上他姐姐和娘家几乎断绝了来往，这孩子又是怎么一眼认出"小舅"来的呢？又一想，大概袁兔兔他妈给他认过照片了吧。提前做好功课，保证了这一哭的准确性。

袁兔兔果然成为众人眼中的焦点，并将主客两方之间的气氛陡然拉近。一个白发苍苍，穿着一件夏威夷花衬衫的老者俨然归国华侨，用拖着长声的港式普通话感慨："血浓于水啦。"然后从手包里掏出一只红包塞到袁兔兔手里。小李倒有点尴尬，连声说"肖公太客气"。

这时乔薇才凝神静气，时隔七年之后第一次打量小李。她惊异于自己明知道几米开外那男人是他，却无法把他和当初的小李对上号了。或者说，乔薇发现自己根本记不清小李的眉眼容貌了。她为了一个面目不清的人，把自己变成了一个心如寒潭的老姑娘。她也只好在单方面的凝望中重新认识小李：他好像没胖也没瘦，背却仿佛比当初驼了，脸型依然是清秀的，只是氤氲着一团黑不黑红不红的颜色，典型的饮酒过度，睡眠不足。

一群人握手复握手，寒暄复寒暄，在太阳底下站了半个钟头才向镇里进发。也不知道谁说了句坐了一天都坐累了，正好在空气清新的地方散个步，所有的汽车就都没了用处，只好在后面远远地跟着。小李已经拿出了半个主人的做派，陪着肖公和副县长走在前面，袁兔兔仍攥在他的胳膊上。他们经过学生组成的欢迎队伍时，乔薇下意识地歪过头，眼瞥向别处，而在一歪一瞥之间，她分明察觉到小李已经朝自己望过来了。小李的眼神短暂，如同蜻蜓飞过时翅膀扇出的一缕微光，却将她钉在地上，学生们呼啦啦都走了才想起来迈腿。

　　此后的一路上，乔薇始终落在最后，脑子里浑浑噩噩的。前面鼎沸的人声统统涌进耳朵，但却分辨不出说的是什么。她还感到镇上人的目光从街边、门洞、窗子里铺天盖地地投射过来，按说看的不是她，但也让她步步心惊。按照程序，这一行人大概要先去镇政府听取当地领导"介绍情况"，如果资方感兴趣，就可以初步探讨投资建厂的意向了；有话没话也得消磨到傍晚时分，然后去镇招待所的内部食堂赴宴。后面那些场合当然是轮不到她一个小学老师参加的，她总算稍微清醒了些，来到拐向自家院子的巷口，就停住了脚。然而也怪了，当乔薇原地站定，整整那一群人仿佛都被她拽住了，也拖泥带水地停下。人群的核心处再次发出叽叽喳喳的声响，然后有几个人分开旁人，稳步朝她走来。

　　领头的又是小李，而他离着乔薇还有几丈远，镇上的一个工作人员已经先跑过来，一扯乔薇的胳膊："突然说要先去你家，快回去准备一下吧。"

　　"去我家？"乔薇机械地重复。

　　"没错，去看你爸……看乔校长。"

　　自从乔校长的病情转入稳定期，家里便几乎没来过客人，仅仅是学校的工会逢年过节走一走程序罢了。工作人员裹挟着乔薇进门，三言两语对她母亲解释了状况，同时一个劲儿地环顾着屋里"咳、咳"，仿佛在谴责乔家的脏乱与潦草。没过片刻，人群就填满了一楼客厅，几乎每个人都在伸长了脖子喊乔校长，那架势简直像乔校长被谁故意藏匿起来一样。乔薇的母亲总算稳住情绪，上前递了几句话，就见小李面色凝重，半低着头噔噔噔地往二楼奔去。

等到乔薇到厨房凑出几只茶杯，拿竹编的托盘送上去，就看见父亲的卧室里再现了电视新闻里常见的一幕——"亲切关怀""传递温暖"之类的。乔校长半卧着，不知是因为激动还是刚刚被硬扶起来，胸膛里好像扯着一只风箱呼呼作喘；小李在人们的簇拥下半躬着腰，两手紧紧握住乔校长肿胀得像河边花岗岩似的手；两人眼里盈盈发亮，不消说，那都是千言万语道不尽的感慨喽。

小李说："校长，我不对，一直也没回来看您。"

乔校长说："小李，你出息了。"

小李说："您什么时候病了的？"

乔校长说："你出息了，小李。"

前言不搭后语地对了两句话，小李就直起身来，对大家诉说起乔校长对自己的栽培与帮助来：从上小学时给他垫付书本费，到他母亲死后挑头操办丧事，一直讲到离家时塞给他的三千块钱。他格外强调，那三千块钱让他迈出了在深圳发展的第一步，当时他连工作都找不着，如果没有那笔钱，恐怕就要住不起房子吃不上饭了。而如果他冻死饿死了，也就没有今天这个衣锦还乡的小李了。小李说这话的时候语调悲伤，眼泪几乎夺眶而出，随行有一位市里日报的记者，不失时机地掏出相机咔嚓咔嚓，抓拍了一张演都演不出来的感人作品。

众人自然唏嘘不已，那位肖公又用港味普通话进行了一句精辟的总结："师恩似海啦。"

只有乔薇仍然出离于眼前的氛围。此时她总算敢于直视小李了，却又总猜想对方的那一番感恩之词，其实话里有话。尤其是说到三千块钱的时候，她只觉得小李的眼睛分明又向自己这里投来一瞥。那目光并不具备他语调和言辞里的温度，它分明是冷的，简直可以称得上是寒光了。那么他也是怀着怨念的吗——就像自己这么多年来一样？这个想法电光石火，极其尖锐地在乔薇的灵魂里刺了一下，让她在疼痛的同时又像有什么东西陡然苏醒了。

　　围绕着乔校长的对话还在继续，县里的领导随口问到了治病的费用问题。副镇长适时地为乔家铺垫了几句话：教育口的经费从来就很紧张，乔校长得的又是不在医保范围内的重病，透析和大部分药品都要靠自费，困难程度可想而知。进而，他又把话题引到乔薇身上，说她是个孝女，为了父亲的病一直没有嫁人，至今待字闺中呢。这明显就是临场发挥了，俨然是唯恐相关的人不够高尚，玷污了一个美好的故事。其实镇上的人谁又不知道呢，乔薇在父亲病倒之前就已经是个老姑娘了。而说到乔薇，小李反而像没听见似的，根本不往她这边看一眼了。他只是耐心地等待众人安静下来，然后开口，缓缓地宣布：

　　"校长的费用我包了。"

　　热烈的掌声随即响起，记者又捧出个本子奋笔疾书，场面登时被烘托到了高潮。乔校长自然是哽咽了，乔薇母亲也不知说什么好，一个劲儿地拿袖口抹眼泪。乔薇身边那个工作人员用力地拍着她的肩膀："你看，你看，你真应该感谢李总。"而乔薇呢，她的确是感动的，但感动的对象却是终于有望熬出头来的困苦，而不是某个具体的人。对于小李，她陷进了一种难以言尽又难以言明的复杂情愫里：这么说他终究是大度的，或者说，他清楚地掂量出了"恩"与"怨"各自的分量。比起乔校长的浩大施恩和他的浩大感恩，和乔薇之间那段戛然而止的儿女私情又算得了什么呢？但无论如何，她乔薇可是实实在在的七年未嫁啊，那一点儿怨念要是如此轻易便能够烟消云散，这七年又算是什么呢？算她犯傻吗？

脑子里满是胡想，嘴里便什么也说不出来了。当乔校长夫妇的发言致谢结束，众人又等着她这个孝女表示点儿什么时，乔薇只是发愣，呆看着小李的脸默不作声。又是一个干部打圆场："这姑娘都高兴傻了。"

"对，傻了。"乔薇附和道。

4

小李那一行人的考察只持续了两个半天，他们在镇招待所住了一夜，次日中午就坐车匆匆回了县里。用他本人的话说，家乡的一山一水都是记熟了的，再怎么看山也还是那山，水也还是那水。可他不用看，那个肖公和其他客商就不需要看吗？这分明就是对本地投资建厂的前景并不看好了。镇上的干部不免感到失望，但同时也无话可说。在周围的几个乡镇中，本地的工业基础和投资环境是最薄弱的，这主要是山区占了大半面积的原因。也正因为如此，镇上的企业才这么多年只有一个半死不活的鞭炮厂。你指望人家为家乡美言，家乡也得值得美言呀。

然而一个星期还没过去，重磅消息就传了回来：在小李的坚持下，陶瓷厂的选址已经初步决定，恰恰就在本镇。他的理由是基础薄弱才有施展的空间，正如同一张白纸好作画。接下来的步骤，就是商议投资办厂的具体条款了。小李那边对土地的胃口很大，坚持要镇里关掉东头河边的鞭炮厂，将厂址一并归入陶瓷厂，再把那附近的人家统统迁到西头不靠水的山地上去。这就涉及拆房占地和百十号人的就业问题，再说鞭炮厂是镇里出资兴建的，几十年的产业，你一句话就要关停，这也太武断了。同时，镇上的居民们一方面盼着外人来投资，另一方面因为兹事体大，便也心存着少一虑不如多一虑的谨慎。他们担心小李等人像一阵风似的说来就来，将来也有可能像一阵风似的说走就走。本镇虽然经济上不富裕，但有个优点是依山傍水景致美观，有几栋两三百年的古宅院保留如初，外面的人来了都说这儿像个世外桃源。假如居民们的担心不幸成真，厂子的机器、流水线搬家容易，却留下一个烂摊子，又把维护了几代人的镇子拆了个七零八落，大家找谁说理去？

两边这一僵持，却忙坏了县里的干部。尤其是主管经济的副县长，他先去找镇领导谈，说机遇难得。镇领导平日里尽见着吃吃喝喝的，关键时刻却很硬气，说你们当头儿的迟早要调走，我们基层干部可是本地人挪不了窝儿，所以这事儿出不了一点纰漏，出了纰漏就得被戳一辈子脊梁骨；再说对那些投资商有疑虑的不只是我，还有大多数居民，民意难违。副县长又去找小李，小李也很作难，说投资的还没来就担心人家要走，这看起来是对外人不信任，说到底还不是对本地没有信心吗？镇上的人却通过领导回过话去，说他们还真是没信心，越是没信心就越得做好最坏的准备；再说你小李当初不就走了吗？也没见你扎根在这个镇上啊。

当年的小李是被穷逼走的，没想到却成了遭人质疑的话柄。就连领导都替他叫屈，副县长拍了桌子，说镇

上的人鼠目寸光，又臭又硬。但这种事情还真需要基层
的配合不可。本地人性格倔强，古代盛产侠义之士，近
代出过好几批不同阵营的革命者，这几年还有抱着煤气
罐子冲击政府办公楼的极端案件，大力弹压怕会压出乱
子来。好在投资商那边也不着急，索性就在县宾馆长住
下来了，肖公每天带着几个同伴穿山过河，"看看祖国的
大好河山啦"。小李也优哉游哉地走亲串友，他摆了三天
的流水席，只要认识的人进去就能吃，吃饱喝足还能领
一条"芙蓉王"香烟。袁兔兔家更不必说，全套的进口
电器都换上了，小李还许诺厂子一开起来，姐夫立时就
任采购部部长。对于这样一个弟弟，他姐姐把前十几年
丁点儿不露的亲情一并掏了出来，二十四小时照顾小李
的饮食起居就不说了，一次谈到他这么大岁数还没娶
亲，竟然号啕大哭起来，从爹喊到娘，仿佛考妣又丧了
一遍似的。

　　乔薇家里却有另一层焦虑。那张小李作为"著名企
业家"和乔校长亲切握手的照片已经登上了市里日报二
版的显著位置，底下还配着一系列他如何自学成才、少
小离家、难忘师恩、报效乡里的感人励志故事。就连乔
校长也沾了光，被称为"默默奉献的教育工作者"。报纸

取回家，先在乔校长的病榻前放了三天，然后又被乔薇母亲小心地压在茶几的玻璃板底下了。原本略显模糊的人脸被门口倾泻进来的阳光一照，竟然变得清晰，就连照片上乔校长肿胀的手臂都发起亮来。

与之伴随的是母亲的絮叨："他说看病全包了，不能是场面话说说就算的吧？"

"会不会这一阵子忙着洽谈，就顾不上你爸这桩事了？"

"可别把建厂的事和你爸的事混在一起了，厂子建不建的，病总得看呀。"

"他从小就是个仁义孩子，而且实在……对吧？"

"医院那边又催了。"

乔薇一回到家，耳朵里塞的除了父亲在楼上的吟哦，就是母亲这些翻来覆去的话了。她怀疑母亲是专门说给她听的。那笔钱当然是雪中送炭，然而给不给是人家的事儿，什么时候给更是人家的事儿，自己嘀咕又有什么用呢？难不成母亲是示意她去问问小李？这么一想，乔薇反倒狠了心不接话了。小李回来，他和她并没有说上一句话，他只是不清不楚地扫了她两眼罢了，并不比看别人更多。

就这么耗了两天，一天乔薇正在做晚饭，母亲轻手轻脚地来到她身后。她本来预备好继续听嘀咕，谁知母亲却开口叫她名字了。

"乔薇……"

"有事？"

"不如你去问问吧。"

"问什么？"乔薇当然知道问什么了。

因此母亲也就省却了"问"的内容，而是又添了一句补充："是你爸说让你去的。"

"你们为什么不去？他还可以托从教委调到县政府的熟人……"乔薇抢白似的说。

母亲简短地说："你爸觉得我们出面，人家反而会再拖，也许还会反悔的。"

乔薇心里咯噔一下。到底是读书人，想得细，想得多，也格外容易心虚。然而他们心虚，她就不心虚吗？她还感到自己全家的灵魂上都有一道疤瘌，本以为天长日久已经愈合，但是今天这个光芒万丈的小李一出现，就把疤瘌重新照得毫厘毕现了。乔薇忽然感到一种难以名状的耻辱，再一次咬紧了牙关不开口。

母亲的口吻却突然硬气了起来，声音也大了，仿佛在跟谁辩论："你们原来的事，我们的确亏待过他不假……可是也要想一想，你爸爸在别处又有哪点对他不好了？他们家的亲戚哪个给他交过学费，哪个为他家出头操持过丧事？虽然没做成女婿，可是也跟半个儿差不多了……"

话还没说完，乔薇已经摔了一个碗。随着那记碎裂声，厨房里总算恢复了平静，只有锅里的青菜豆腐汤还在没着没落地冒着泡。母亲仿佛这才想起，乔薇是个二十八岁还没结婚的老姑娘，而老姑娘是有资格脾气古怪的。她把后面的话生生憋了回去，上前帮助乔薇盛饭端菜，先拨出一份来给楼上的乔校长送去。

母亲才一离开，乔薇就快步出了自家院子。

正是吃晚饭的钟点，巷子外面的街上飘扬着油烟的味道，来往的闲人并不多。然而乔薇却像暴露在众目睽睽的审视下一般，只想找个地方躲起来。她根本不知道应该去哪儿，只是低头耸肩大步走着，不一会儿便出了镇子，踏上了通往学校的那条山路。天色也恰好黑了下来，小镇的灯火花团锦簇地在身后亮着。她孤身一人往山上走去。

从家里到学校，骑自行车的话也要二十多分钟的路程，凭着两腿走起来就算是远路了。乔薇把全部心思放在走路上，耳边只听见呼呼作响，竟然仿佛御风而行。她没吃饭也不觉得饿，不知过了多久来到中心小学门口，身上微微出了一层汗。看门的老头看见她，迎出来问：

"乔老师，你有什么东西忘了带吗？"

乔薇随口编道："我来备课。"

老头费解地摇了摇头，给她打开校门。而乔薇既然进来了，索性就真的备起课来。小学英语，这是一只苹果，那是一条鱼，需要专程准备才怪，但她想的是有事情做总强过没事情做。她翻开书本，像小学生一样琅琅读起来，那些字正腔圆的、无意义重复的句子假如被别的老师听见，恐怕会认为她得了神经病。乔薇并不否认自己此刻得了神经病，但她是用神经病的方式治好了神经病。半本书读下来，她的心情不知不觉地平稳下来，进入了自我封闭的宁静状态。办公室的窗中一灯如豆，远远望过来也一定是安详恬淡的景象。看门的老头过来轻轻敲了敲门，提醒她已经晚上十点多了。

乔薇长舒了口气，关灯出门，往校外走去。老头心好，追上来递给她一只手电。虽然是夜路，但是因为走惯了，心里也不感到恐惧。乔薇晃悠着手电，追逐草丛上方飞起的萤火虫，不时又将光柱移向天空，看它像柄无限长但却全无重量的剑，插入厚重的黑暗的腹地。她忽然想起过去有人对她说过，假如别的星球上也有人的话，手电的光将会被他们捕捉到，从而发现地球上的同类——只不过很可能是几千几万年后的事情了，因为光在宇宙中要走几千几万年。这话是谁说的？当然是小李了。高考前夕一次上晚自习的时候，乔薇肚子疼起来，他曾经一手攥着手电，一手攥着她的腕子把她送回了家。

如今的乔薇独身夜行。她终于进了镇子，却仍然不想回家。乡下人睡得早，此时整条街道差不多都是黑的了，她在自家院口站了半分钟，抬头看了看父亲卧室亮着的灯光，转身又朝院子后面绕了过去。那个方向是小李家的老宅，自从小李离家，就几年如一日地黑灯瞎火，她浑浑噩噩地走了过去，在两间平房之间的空地站着出神。

又过了一会儿，才听见旁边有人咳嗽了一声。乔薇打开手电照过去，正是小李，光柱再一挪，进而显现出一辆汽车的轮廓来。他一定早就坐在那里了，像她一样无声无息。而令乔薇感到诧异的是，自己在这种情形下见到小李，竟然并不吃惊。几乎像是两人早已约好了一般。

乔薇说："你也在这儿？"

小李说："也在。"

"来干吗？"

"看看。你呢？"

"也看看。"

小李接着拍了拍身下的青石板，乔薇就关了手电坐过去，两人并肩，在一切都影影绰绰的黑暗里"看看"。话自然也是要说的。刚开始是一些必要的交代，小李说他在县里和人周旋得头疼，就偷偷开车跑了出来，想在自家门口静一静；乔薇说她刚从学校回来，也想静一静，然后感慨道：

"真是好久没见了。"

小李说："你也没变样。"

乔薇说："你变了不少。"

"变成什么样了？变好了还是变坏了？"小李用戏谑的口气问她。记得在过去，小李是不会这么说话的。

乔薇回答说："说不好。"

小李就哈哈大笑，中气充足，声音直传到街面上去了。这么大的动静让乔薇蓦然紧张，但好在他随后的说话声就变得格外低了。他没问她自己走后这七年的生活，她也没问他在深圳的那些日子。他们触景生情，围绕着身后的老宅，回忆起更加久远的往事来。那时乔薇才刚五六岁，常穿一件拖到膝盖上去的花背心，捧了碗油盐饭在空地上吃。她很怕街对面篾匠家养的那只大鹅，鹅也欺软怕硬，每每奔过来和她抢食。到了这时，小李就会拖着鼻涕，挥舞着一只塑料拖鞋保护她。两人还去河边的泥地挖螺蛳，去山脚下看鸟啄蚂蚱。乡下的孩子不娇贵，无论家境好坏基本上都是放养，因此整个儿童年代，乔薇都是伴着小李野过来的。两人你一段我一段，一个讲完一件事情，另一个往往进行补充或反驳，说对方记错了。一股悲凉的气氛像雾一样，随着追忆里的似水流年蔓延，他们便不时用哈哈大笑将悲凉驱散，拨云见日地捍卫着往昔的单纯和明亮。沧海桑田，乔薇和小李独处的时候，却仍然是放松的、快乐的。她也诧异于小李的神色举止像个孩子，也许他骨子里还是当初那个小李。

时间早已过了午夜，夜露沾衣，乔薇冷得皮肤绷紧。她自然也想到了父母求她问小李的事，然而小李既然绝口不提，她也无从开口。那么自己在这里做什么呢？陪一个年轻的富翁怀念过去吗？她还纳闷，自己和小李的过去几乎是重合的，怎么他变成了那样，她却变成了这样呢？

乔薇的疑惑和小李的讲述同时被一阵昂扬的铃声打断。小李掏出手机来接了个电话，然后说：

"市里的王主任打牌输了两万多，我得过去帮他收场。"

一瞬之间，小李就变了一个人，回到一切就事论事的高度理智中去了。他仿佛在一秒钟之内长大了二十多岁。乔薇便先站起来，无声地打了个寒战，看着小李起身开车门，发动汽车。

这番偶遇就这么结束了吧。然而汽车缓缓移动了没几步路，车窗忽然摇了下来。小李探出头来：

"你还会再来这儿看看吧？"

乔薇没答话。

5

自此以后，夜里到小李家的老宅相会，就成了两人的习惯。这个习惯并不回回如愿，有时乔薇在那扇破败的门前空等一个小时，小李也不出现，她就知道他又被某个重要的酒局或牌局绊住了。还有时乔校长忽然难受得挨不住，她和母亲跑上跑下地照料时，便听见后院墙外汽车开走的声音。然而总有凑上的时候。当乔薇拿手电往老宅的屋檐下一晃，小李便会照例咳嗽一声，拍拍那块充作长凳的青石板。

坐下之后，除了聊天也没事可做。两人的聊天仍以回忆为主题，沿着时间的轨迹，从撒尿和泥的童年伸展到小学、初中、高中……而越往后，就越变成了小李一个人倾诉，乔薇几乎无话可讲。这大概是因为乔薇的成长历程是按部就班、近乎浑浑噩噩的，她的一切都在父亲乔校长的安排下完成，只要将父亲的要求一一贯彻即可。这样的人生只能叫总结稿，编不成故事。小李的回忆就要庞杂和深远得多，并且像一辆不断上货的火车，层层加码，越往后越沉重。在几个夜晚，他依次回忆了父亲在鞭炮厂被炸死，母亲扯着他们一对姐弟挨家挨户地去找亲戚借债，还讲到了他其实在念高中的时候就无心上学了，如果不是母亲生前的嘱托和乔校长的勉励，大概连高考都不会去参加的吧。有许多事情乔薇以前只是粗略的旁观者，顶多扮演着最先安慰小李的那个角色，大部分细节尤其是小李的心理活动，她这才第一次听说。而从不知多久以前开始，小李的心里就发下了翻身的宏愿，甚而说是一个毒誓也未尝不可：假如有"那一天"，他要在原地风风光光地重建老宅，不为了住，只为了充当纪念馆的作用，摆放母亲当初陪嫁过来的那些旧家具；他还要关停鞭炮厂，实在不行就买了它，总之不能让它再存在下去，这是为父亲"报仇"的意思。

"那一天"眼瞅着就要来了。

乔薇仿佛今天才知道"生活"二字对于小李而言的意义。那是屈辱之下的挣扎，不断被剥夺又拼了命地去攫取的厮杀。这样的小李前往深圳后，无论做什么都是无所畏惧和理直气壮的吧。她在沉默地倾听的同时，继续犹豫着要不要提醒小李尽快兑现出钱给父亲看病的诺言，好让焦虑中的父母安下心来。她还既盼着又害怕小李终于会追溯起他们之间的感情来，而小李一直避而不谈，想必是打算用一个晚上专程回忆。

还有，乔薇至今也搞不清楚，小李为什么会不厌其烦地专程从县里赶回来，避着旁人跟自己见面。她也不清楚现在的自己之于现在的小李是一个什么样的角色。除了说话，他没对她做过任何举动，就连看也并非专注地凝视，而是仿佛把她这个唯一的听众抽象成了语言词句的接收终端。他只热衷于倾诉，她也只好倾听。

但是，如果小李所需要的只是一双耳朵，干吗非要找她呢？

夜晚回忆涌动，白天的事情也在进展。镇、县两级政府与投资商经历了几轮谈判后，突然爆出一个人们意想不到的、与建厂没有关系的消息来。

谈判原先之所以卡壳，在于镇上的人们担心小李等人的投资来了却留不长久，祸害一阵就走。换句话，假如能给一代人、两代人提供颠扑不破、旱涝保收的铁饭碗，那么就算"祸害"也是值得的。大家毕竟要吃饭，要就业嘛。镇上的意见领袖们统一思想，鼓动群众，坚决反对领导为了短期政绩草率决策：

"咱们得有远见，既然要卖，就得卖得一劳永逸。"

　　他们又提出了两条具体要求：在本镇打造"华中陶瓷之乡"可以，但是一要保证承租土地达到三十年以上，并且要一次性付清租金，由镇政府专项用于改善居民生活；二要承诺用工优先解决本镇人口。这两条要求写成了书面文字，支持的居民人人按手印。本来还要拉乔校长这个过去的头面人物出来声援，但见他卧病不问世事已久，也就罢了。最后，他们把红花朵朵的请愿书拍在镇长办公桌上，让他去向县里和资方转达。

　　小李和肖公那些人就真犯了难。他们对县领导吐苦水，说原以为镇上的人只想多争取些征地方面的补偿，没想到居然提出了这样苛刻的要求。第二条优先用工也就罢了，第一条实在难以接受。办厂租地，租期五年的也有，十年的也有，长远之计的二十年以上也有，但无论租多少年，租金都是一年一付。如果一次性支付三十年，相当于厂子还没兴建，就将大部分资金都占用消耗了。活钱变成了死钱，这是经商大忌。投资商内部也闹起了分化，肖公当着领导的面，指着小李鼻子，用香港腔说出了四字成语：

　　"罪魁祸首啦。"

　　意思是小李把他招呼到老家投资，但是来了却搞不定事情，反而把大家拖入了进退维谷的泥潭之中。然后又感叹总算知道小李做生意为什么厉害了，原来都是跟家乡人学的。小李满脸委屈，拍着沙发扶手对肖公叫唤："原来想的是有财大家发，怎么知道他们不按规矩出牌，搞起了运动，连领导也被要挟了？"

这就是责备领导没有威望和手腕，连老百姓的主也做不了了。压力最后又回到了县领导身上，因为每年的招商引资是有定额的，完不成定额，只怕位置都坐不稳。肖公那边又宣称要到离省城更近的那个县去考察一下，那边的经济发展得早，地租虽然贵一些，但想必人也没那么死性，谈判起来会更顺畅些。领导急得团团转，连说本地人虽然刁蛮，但也不是不讲理，继续做工作，一定做得通。肖公表示，等你们做通了工作，都不知道哪年哪月了，他这把老骨头，又有多少时间可以耽误？最后县领导一咬牙，决定把镇上的居民代表和投资商叫到一起，大家面对面谈一次，谈成最好，不成拉倒。

谈判那天来的人很多，几乎快把县宾馆的会议大厅坐满了。会场的布置也打破了往日的规矩，领导们不再并排坐在主席台中间，而是退居到第一排的听众席上，

把位置让给了投资商和镇上居民的带头人。两边各摆一
张长桌，平等对垒，倒像是电视上的"对方辩友"。以前
决议什么事情，哪有今天这样大鸣大放大民主？镇上人
觉得自己这一闹，闹出了尊严，首先就气势充足起来。
又仗着团结力量大，上面的代表一口咬定那两条要求，
每铿锵有力地说一句，都伴随着下面山呼海啸的附和。
投资商这方面由肖公出面，他操着港腔，把做生意的流
程、惯例、风险掰开了揉碎了讲给大家听，又分析了好
几个类似的投资案例，看起来像一只苦口婆心的老
鸟儿。

"退一步海阔天空啦。"

但居民们根本不管他那一套。什么公司法合同法，
他们不懂也根本不想搞懂。他们只知道眼下投资商想在
本地建厂是求着他们，既然这样，就要满足他们的胃
口，如若不然就请走人，反正这块地方穷也穷惯了，一
时富不起来也不着急。好不容易召集起来的谈判会，看
起来仍然还是没效果，肖公回头看了看身旁的小李等
人，苦笑着摇了摇头，台下的领导也把脑袋耷拉下去。

这时候小李就站起来了。他没有对着摆在桌面上的
麦克风发言，而是抖了抖衣襟走到主席台正中的空地

上，面对着全镇的居民。他开口，说的不是港腔，不是普通话，而是抑扬顿挫、不时诡异地拐一个弯儿的本地方言。乡音一出，全场肃静。小李诚恳地请大家听他说几句，而这"大家"不是生意伙伴更不是生意对手，却是从小把他看到大的叔叔伯伯、阿姨婶娘。

小李也没有再提投资建厂的事情，而是说起了他小时候，一件事一件事地历数起家里如何之穷来。炒菜猪油只敢放半勺，老娘生病抓不起药只能忍着，每个春节都是在债主的谩骂中度过的。这一切是因为什么？并不是他小李一家的命不好，归根结底还得怪故乡穷。故乡穷父亲才只好到鞭炮厂去干那么危险的活计，故乡穷他才会放下念了一半的大学远走他乡。但他小李不敢恨故乡，因为如果没有以乔校长为首的故乡好心人的救助，他也许连活到今天都难。并且他想感谢故乡人，感谢故乡人就得消灭故乡穷。

西装革履的小李勾勒出了一个面黄肌瘦父母双亡的小李，说得台下的人眼圈儿不由得一红。对于其他投资商而言，来这块土地上建厂是为了赚钱，对于小李可不全是。看来他是真想造福家乡啊。又有人甚至觉得对不起小李，把小李也看成唯利是图的商人之一，这不是把自家人往门外轰了吗？

　　小李继续又说，乡亲们的顾虑他是理解的。假如他本人没有离乡出去闯荡，遇到一批外人来镇上办厂，一样也会像大家一样放心不下。但是请想一想，这一次来的可不全是外人，还有他小李呢。他在合股里是占了相当大的比例的，而且厂子办起来之后会亲自出任总经理，一年里有大半年要留在镇上抓经营抓生产，只要有他在，投资商们想要折腾够了就拍拍屁股走人，想必也没那么容易；而他现在要做的，还是恳请大家体谅建厂过程中的难处，遵循经济规律，不要一口咬定三十年的租金。那样高昂的条件别说他们这些人了，就是李嘉诚、曾宪梓也未必会答应，而长此以往镇上永远没有像样的产业，难道大家愿意守着一个鞭炮厂和上面有限的拨款过日子吗？

　　说到这儿，会场里就鼓动起长时间的回响。却不是异口同声，而是各执一词。总结起来大致有两种态度，一种是被小李说动了，认为经济毕竟还得发展，家门口有个大厂子，将来也就不用出门打工了，而小李从小就是个老实厚道的孩子，应该不会让大家吃亏；另一种则是仍存疑虑，说小李一口一个故乡人，可他都出去多少年了？公司在深圳存款在深圳房子也买在深圳，能不能真像他所说的那样把大家当乡亲，谁又能打包票？

下面一乱，台上的居民代表也坐不住了，他们索性跑下去东一个西一个，分头听取大家的意见。镇上的人现场开起了小会，领导和投资商们就眼巴巴地看着他们，小李却仍站在主席台中央，如同一棵栽错了地方的树。又过了好久，居民代表们才回到长桌后面，交头接耳片刻，便有个年长些的咳嗽一声，挥舞手臂压住全场的杂声，然后劈头一句话问向小李：

"这么说，你是还把自己当作镇上人啰？"

这分明是审问的口气，而潜台词也是很清楚的：他们不信任外人，但如果是"镇上人"，办厂的事情就有得商量了。

小李笑笑说："那当然。"

"出去那么久了还是？"

小李说："大家恐怕也看到了，我正在重修家里的房子，想盖三层楼，一层还和原来一样的摆设……为的是纪念我爹妈。房子盖好，我又算在镇上有个家了。"

发问的居民代表却摇摇头："那不算数。以前镇上出去过几个干部，还有在省里坐上职位的，他们也盖房，还修坟，可还不是几年露不了一面，还不是任由着他们的老婆把找到城里的亲戚挡在门外？你在深圳也有家，你得证明你真的还是镇上人。"

那么，对于父母双亡漂泊在外的小李来说，他怎么才算"真的还是"镇上人呢？连祖宅祖坟都不能当作证明，身份证和户口本上的号码恐怕就更做不了数。再对比一下小李刚才那番肺腑之言，居民们的态度就近乎故意为难人了。都说这地方的人性子刁蛮，又臭又硬，看来还真是不假。他们那种非我族类其心必异的心思，就连土生土长的乡邻也不放过。县领导和肖公等人对视一眼，两下摇头叹息，眼见是彻底泄了气了。

谁想小李却神色不变，不急不缓，不高不低地吐出一番话来："我在深圳没家。没有娶妻生子的地方都不叫家，我多年未娶，为的就是回来讨一位本乡姑娘，以后生了孩子留在镇上。老婆孩子在这里，我就算不得不在外面奔波，心里也是安生的。"

此言一出，全场的人都愣了。

"这是我回来时存着的私心，也是我娘的遗愿。"见没人搭话，小李自顾自地说了下去，口吻就近乎呓语了，"建厂成不成倒在其次，这件事却一定得办，因为对于我来说，那样才叫回家。"

6

乔薇在月色下等小李。以往她等他，琢磨的是小李会不会来，今天却踌躇于该不该再这么等下去了。

她已经知道了小李当众宣布回乡娶亲，并用这条消息挽救了面临破裂的谈判。居民们虽然仍对建厂的事情有着疑虑，但内部早已不是铁板一块。外面什么千娇百媚的女人没有，他小李又早已腰缠万贯，干什么巴巴儿地回老家找老婆呢？这就是不忘本，是思乡情切，同时也可以理解为他建厂造福家乡的诚意。本地人脾气虽然硬，但也懂得将心比心，人家已经真挚到了托付终身的地步，再步步紧逼，那就不仁义了。而一旦出现了分化，对于县镇两级干部来说就有机可乘了，他们抓紧时间主动出击，分头去做那几个意见领袖以及将来最有可能涉及拆迁问题的人家的工作，建厂的事情居然进入逐步推进的轨道了。

镇上人的心思却又被另一个悬念所吸引着，那就是小李回乡娶妻，要娶的是什么人？男欢女爱说起来是小事，但却比经国大事更有文章，更耐人寻味，大家这些天一门心思和投资商斗，和政府斗，斗也斗累了，刚好闲下来看这出戏。

今天不是一百年前，谁家的姑娘都不能今天下帖子明天就上轿，总得有点儿感情基础。那么小李会不会已经有了目标，而那个女孩儿又是和他有着旧情的？有人立刻把注意力的焦点锁定在乔薇身上。乔李两家住得近在咫尺，虽然过去家境地位悬殊，但是两个孩子可是从小玩儿到大的，说文雅点儿，是青梅竹马的关系。听关系近的人透露，乔薇和小李上大学的时候，就在省城被发现过卿卿我我地压马路呢，尽管乔校长一口否认他们在谈恋爱，可谁知道是不是掩人耳目？况且小李走后乔薇七年未嫁，这也是很能说明问题的。但是这个猜测很快又被另一些人推翻。持反对意见者的证据是小李回乡之后的表现。假如他现在还对乔薇有意，那么为什么从来没见他到乔家、到学校去找过她呢？唯一一次登门还是冲着恩师乔校长去的，而且并未看出对乔薇有过一丝一毫的热络。再说得恶毒一点，乔薇的岁数摆在那儿，转过年去就要三十了吧？一个清汤寡水的老姑娘了。而男人尤其是成功的男人找对象，哪个不挑嫩的？小李就算当初真和乔薇谈过恋爱，今天怕也不会把她往心上放了，而乔薇假如是为小李守了七年，那可真是傻透了。

是巧合也不是巧合，坚持把乔薇首先排除在候选名单以外的，大多数都是有女孩儿的人家，而且那些女孩儿正是如花似玉的好年纪。既然小李没有明确表示属意于谁，他们自然是有义务向他举荐的。不出三天，十里八乡有过保媒拉纤经验的女人都被动员了起来，有些居然提前收了好几家的辛苦钱。一时间竟是选妃的阵势了。又有刻薄话说，这简直跟肉联厂收猪差不多，亮出告示标明价格，只等一只只肥猪自动上门过秤。当然，挑老婆和收猪还是有区别的，收猪多多益善，老婆再怎么有钱也只能娶一个；并且猪的肥瘦秤说了算，人却可以自己掂量斤两，省去自取其辱的尴尬。在相互之间的比较和估量中，那些条件差些的女孩儿便纷纷知难而退，剩下了几个格外出挑的，不是长得非常漂亮，就是号称琴棋书画样样精通，还有刚考上大学，可以为后代提供智力保障的。这里面最被看好的，就是镇长的侄女倪晓莉了，那姑娘才二十二，在镇里做出纳。她长得像省电视台的一个主持人，而且在广东那边上过几年会计学校，谈吐见识比乡下女孩儿洋气得多。最关键的当然还是门第上的优势了，自古官不离商，商不离官，小李娶了镇长的侄女，还怕陶瓷厂建不起来？镇长做了小李的叔丈人，还怕将来吃吃喝喝没地方报账去？

镇长最近的状态果然明显有了转变。以前他是夹在居民和投资商中间和稀泥，街坊四邻的意见还是要听的，现在却放出话来，要对故意阻碍建厂的刁民"该上手段就上手段"。他还常常没下班就坐上车往县里跑，在宾馆里和小李吃同席、牌同桌、浴同池，推心置腹得俨然是亲戚了。至于倪晓莉，也早就在镇长的安排下和小李单独见过面，还拿了见面礼呢，是一部三星手机和一条铂金项链。

这些事情在别人那里是花边新闻，乔薇听了却一阵眩晕。小李夜里偷偷潜回来和她见面，镇上至今没人发现，否则还不知道会传成什么样呢。为了避人耳目，小李这两次也不开着车子进来了，而是把车停在镇子外的路口，再贴着墙根悄悄地溜进来，真像电影里那些男女幽会的情景一样。但一想到"幽会"两个字，乔薇的迷惘中又渗出一丝冤屈来。一夜复一夜，他们到底干什么了？连手也没有碰一下。

小李到底是怎么一个打算，她被裹进他的事情里，又算是一个什么角色？乔薇咬了咬牙，决心问清楚。

天上一轮明月，月光泼洒在空地和青石板上像水银泻地一般。银光忽然被人搅动，小李轻手轻脚地坐在她身旁了。

"来多久了？"

"没来多久。"

"月亮够亮。"

"乡下空气好。"

"上大学的时候，有一次学生会组织去野营，记得也是这样的月亮。"

小李轻车熟路地进入了回忆，照例是他说她听。每当进入这个状态，乔薇都会沉浸在一种既舒缓又懵懂的心境里，仿佛目睹时间在眼前流过，而她置身于时间之上，是不受世事的羁绊的。这也是她任由小李用言语牵引着自己的原因，她知道有些话一旦说开，眼下的心境便会烟消云散了。乔薇同时还惊异于小李的记忆力为什么这么好，对于过去的事情，他追述得条理清晰，许多细节她都忘了，他却一点一滴全都记得。

难道七年来，小李是在时时温习的吗？

　　然而既然人生有限，回忆也终归要抵达尽头。这天晚上，小李先用一多半时间讲述了他们在大学期间那场单纯温暖的恋爱，然后便说到了两人分手的事情。小李告诉乔薇，她父亲当初是和他谈过两人的事情的，并且不在别的时候，就在小李母亲的葬礼上。好男儿志在四方，乔校长鼓励小李出去闯荡，并且直言不讳地告诉他，乔薇将来必然会去北京、去国外的，两人从此就不是一条路上的人了。这是命，小李得认。正是在这样的刺激下，才促使他大学都没上完就去深圳了吧，而那三千块钱的意味也就一语双关了，既是老师资助学生的盘缠，又是拆散一对情侣的"分手费"。

　　讲到这里，小李的口气却仍然是平静的、绵密的，好像当初事情发生时，他的心情也并未有过一丝一毫的激荡。这口气令乔薇感到残酷，同时惭愧也冷冰冰地蔓延上来，把近日来那一点活络的心思掐死了。小李的没有表态就是表态，他就是要用心平气和毫无倾向的讲述，让乔薇自己看清她全家是多么势利、伪善，并且目光短浅。假如是这样，那么他的目的达到了，当他终于沉默下来，乔薇就无声地哭了。她的眼泪顺着脸颊汩汩而下，把从耳朵后面垂过来的一缕头发都打湿了，冰凉地贴在脸上。

"我对不起你。"乔薇说完这句，起身就走。

小李竟然飞快地捉住了她的手腕。这是七年多以来两人第一次肌肤接触，乔薇像被电打了一样。她更没有想到，小李随后便像影子一样贴了上来，附着在自己的躯干上，将她紧紧地抱住了。

乔薇只感到喘不过气来，心狂跳，同时听见小李的声音："我不是这个意思。"

"那你是什么意思？"

"我只是怕把过去都给忘了。"小李说，"我还怕自己变了一个人。"

也就是说，小李的意思是把"过去"和"现在"续上，他不想变成和她毫无关系的人？这个念头一闪，乔薇全身震颤。那是没有预料的狂喜，和更加泛滥的惭愧冲撞的结果。

于是乔薇嘴里的话近乎胡言乱语："让我走。"

小李则更加用力地挤压着乔薇，他呼出的热气让她后颈那一块的皮肉发烫："你留下，我们还是……"

情急之下，乔薇抓起拢在自己胸前的小李的手，狠狠地咬了一口。小李痛得身体一僵，不由自主地松开她。她挣脱到两步开外的距离，满头大汗地蓦然转身，在月光下看去像被冷水浇了。等到喘息平静，她的姿态显得出奇地端庄，简直像油画里的少女一般冰清玉洁。

"我们还是什么？"乔薇问，眼角突然一弯。

在她似笑非笑的注视下，小李的眼里闪过一丝惶然，同时竟然也有一丝惭愧。他受尽磨难苦尽甘来衣锦还乡，他惭愧什么？乔薇忽然懂得了这份惭愧的意味，本想不说，但却忍不住，便像揭疮疤一样问了出来：

"在晚上，我们还是玩伴、同学、过去那种男女朋友，总之是分享记忆的人，对吗？"

小李点点头，喉结从下到上滚动了一圈。

"可到了白天，我还是我，你却是经理老板，是镇长没过门的侄女婿了。"

小李不置可否。

乔薇仿佛得意于自己变得伶牙俐齿："你看，小李，你早就变了一个人了。"

小李脸没有任何变化，但是两个肩膀却塌了下去，背在不知不觉间也佝偻了。肢体也是有表情的，它印证了乔薇的一语中的，也让小李那份被戳穿了的欲念一览无余。情势转变之快让乔薇心里一阵悸动，同时却使她感到了莫大的满足：无论是七年前还是七年后，她面对小李时都是处于优势地位的，她的一句话或者一个表态能够深刻地影响他的心情。只不过七年前是她亏心，七年后亏心的就是小李了，总之他们之间必须有一个要辜负另一个。更加令乔薇始料未及的，是她那份古怪的满足在一瞬间发酵，酝酿出了说不清道不明的复杂感受，那里面包括了自怨自艾、对小李的怜悯、放任自流的冲动和熊熊燃烧的渴求，最后又凝结为一种自我惩罚的决心。的确，乔薇是需要被报复和被惩罚的，只有如此，小李还乡这件事情才带有命中注定的公道色彩。他七年前就应该对乔薇始乱终弃，可惜耽误了，因此她必须在今天偿还给他。

小李已经插着兜，默默无声地向路灯昏暗的街道上走去了。这次轮到他没有料到，乔薇敏捷地跟上两步，胳膊钩住了他的胳膊。在月光下，她的声音也变得轻佻甚至放荡了。

"没看出我也变了一个人了吗？"乔薇凑近他的耳朵，"敢不敢带我回去？"

一路上再没言语。他们依傍着走出镇子，小李在路旁的废弃房屋后面取了车，开回县宾馆。那一夜自然是忙乱不堪的。小李在外面无疑经历过不少女人，然而面对乔薇，还得由她来纵容他甚至指导他。事情完了，他的一声叹息不知是心满意足还是怅然若失，而迷迷糊糊地闭了眼再睁眼，已经是第二天清晨了。稀薄的阳光从没来得及合紧的窗帘缝里透进来，乔薇看也没看身边的小李，她瞪着眼睛望着天花板，心里觉得踏实，好像一切尘埃落定。

外面的走廊里开始响起人声，是县里和镇里的接待人员等候客人去吃早餐。乔薇也翻起身来，不紧不慢地穿衣服。小李一把抓住她的腕子，而这一次便只有就事论事的意味了。

乔薇一甩手就挣脱了他，口气是例行公事："你说给我爸看病，那钱能不能快点拿出来？家里快撑不下去了。"

小李半张着嘴愣了几秒："我的现金都被占用了，建厂的事情投入太大。"

"答应人的事情可不能反悔。"

"我去肖公那里拆借一下……"

"给我个准话。"

"他跟我绑在一起，十几二十万总不至于驳面子——

也就五六天吧。"

"我等着。"

说话间，乔薇已经穿好了衣服，脸也不洗一把，只
等着出门。小李是无论如何也不希望她被旁人看见的
吧，而她既然等着用人家的钱，总得顾着人家的脸。他
们像被堵在屋里的野鸳鸯一样凝息屏气，只等外面的人
声散去。有人敲小李的门，小李回答还没睡醒，早餐就
不吃了。又过了几分钟，肖公的港腔响起，被一群人簇
拥着朝宾馆大堂走去。

乔薇立刻开门，一个猛子扎出门外，从走廊里的侧
门进到贵宾楼前的小花园，然后再从那里兜出去。晨风
裹着薄雾，给她的脸庞覆盖了一层熠熠闪烁的水光，她
的脚步则越来越快，使她的耳边都响起风声了。此刻的
乔薇艳如红莲疾如矢。

这天学校没课，她赶上了县城始发的早班车，径直
回了家，进门正撞见母亲在厨房煮米粉。一夜没回家的
事情自然逃不过去，乔薇却并不慌张，到桌旁给自己倒
了杯水。母亲却也没说什么，按部就班地给楼上的乔校
长送上一碗去，下来后和女儿相对而坐，吃早饭。文文
静静地把米粉吃了，又侧耳听了听楼上乔校长渐渐响起

的吟哦，母亲这才开腔：

"问他了？"

乔薇知道连坦白也是多此一举的了，母亲也许连她前些天溜出门做什么，都是心里有数的。屋里毕竟就三口人，还有一个躺在床上，剩下的两个谁瞒得过谁呀？

于是乔薇说："问了。"

"他怎么说？"

"十几二十万总有的，也就五六天吧。"

母亲默然点头，心里掐着指头："省着点用，也够看两年病了。"

乔薇接上话头："也就应个急吧，以后还得自己想办法。"

"这叫什么话？"母亲忽然激愤起来，迅速又压低了声音说，"你没再问他点儿别的？"

"问什么？"乔薇饶有兴致地平视母亲。

"你们的事呀……当初错过了又不是永远错过了，只要他心里还有你，别人想插也插不进来的……"

乔薇哼了一声，把碗放在桌上。她终于再也压抑不住心头那团恶意，冷笑着对母亲说："三千块钱把我买回来，还附带二十万利息——赚得够多了，知足吧。"

这话说完，乔薇沉浸在一片释然之感中。她成功地转嫁了七年来如影随形有口难言的惭愧，并且认为那些过往终于可以翻过篇儿去了。该受辱的在劫难逃，该快乐的如愿以偿，多么公平的世道，简直是童叟无欺。从此以后，有一半儿乔薇就被埋在小李家老宅门前的青石板下了，另一半儿才好把日子继续过下去。她起身去刷碗的时候，只觉得脚步轻松了不少，好像灵魂的重量的确减轻了。

　　然而才过了两天，乔薇就发现自己想得太简单了。周末的两天她都没出门，窝在家里做饭看书，还心血来潮地翻出一本大学时用过的许国璋英语来，检阅曾经背过的那些复杂拗口的单词。周一早上，乔薇照常骑自行车前往学校，才推着车走进车棚，却看见袁兔兔正站在她惯常存车的地方东张西望。她还没想好是迎上去还是躲开，那孩子已经看见了她，龇着两颗大板牙气喘吁吁地跑过来。

　　"你又没写作业？"乔薇问他。

　　袁兔兔却一脸郑重，低声说："跟您说个事。"然后揪着乔薇的车把，把她引到车棚角落没人的地方。

　　乔薇隐隐有点不自在，刚想问到底什么事，袁兔兔仰着脸回过头来，就是一派亲昵的讨好了。他的嗓子仍然很低，童声被挤压得变形了，俨然是密谋者的口吻：

"我妈支持您。我也是。"

"支持我什么？"

"我小舅——呀。"袁兔兔说，"那个倪晓莉我第一个不喜欢，她心眼儿坏，爱拿竹签子扎小孩儿屁股，我小时候在她家墙外撒了泡尿，就被她扎过。她到县城买东西的时候，跟我妈也吵过架。我妈说她在广东的时候不正经，男朋友谈了一大把，还打过胎……"

乔薇登时烦乱起来，她不知道自己为什么会被人和倪晓莉扯到一起。随后她才反应过来，自己和小李的事情是被他姐姐知道了，而这意味着别人也会知道。

她的冷汗冒出来，忙不迭地打断袁兔兔："回去上你的课。"

袁兔兔则心照不宣地对她挤了挤眼，一溜烟地跑了。乔薇恍惚着锁了车，进了办公室，不由自主地留意起其他老师对她的反应来。那些人果然是带着异样的，或者当着面不看她背后却打量她，或者猛然打个哈哈后半句却不说了。一天也没人跟乔薇说一句完整的话。学校毕竟是斯文地方，众人只能把兴趣隐藏在观望中。

这天放了学，乔薇匆匆往家赶。还没回到镇上，就看见路口立着一车一人。车是一辆电动自行车，人正是镇长的侄女倪晓莉。因为年纪相差着几岁，又一个在学校一个在政府，所以乔薇和这女孩并不熟，只在印象里记得她打扮得很时髦，说起话来盛气凌人。而今天毫无疑问，倪晓莉是冲着自己来的。乔薇离着路口还有十来米远，就看见她吊梢着一对眉毛，眼里几乎要喷出火来，俨然立马横刀。

乔薇只觉得心慌，竟然下意识地拧了下车把，顺着一条岔出去的小道骑了过去。这就是落荒而逃的姿态了，倪晓莉立刻跨上车跟了上来。两人一前一后，在土路上颠簸着往大片的油菜地里追逐过去。正是油菜花将盛未盛之际，四周的原野里星星点点地闪耀着艳黄的光泽。乔薇毕竟是用两腿蹬着车，耐力不如倪晓莉的人力电力并用，再加上路面泥泞，过不了一会儿就支持不住了。她只好停下来，遥望着田地尽头的镇子。好在距离是够远了。

倪晓莉咣当一声把车摔在地上，迎风啐了一口，叉腰，开始骂人。不要脸。骚货。婊子。吃回头草的烂货。方才乔薇还不知道怎么面对她，而现在倒也有了点无所谓的劲头。反正姑娘家嘴再脏也不过如此，她怕的是倪晓莉心平气和地和她讲理。风里氤氲着浓郁的泥土味儿和若有若无的花香，乔薇就绷着腰板，面无表情地承受骚货和婊子的头衔。从倪晓莉前言不搭后语的谩骂中，她才知道正是那天早上出了纰漏。镇上的两个工作人员把肖公送到餐厅，又折回来找小李，刚好看见乔薇从他房间里快步出来。这事儿当天就在镇上传开了，恐怕就连乔薇的母亲也听说了，只有乔薇还在掩耳盗铃。镇长感到经受了奇耻大辱，今天一早就去找小李严正交涉，倪晓莉则和叔叔兵分两路，专找乔薇算账。

"反正你别想得逞。"倪晓莉总算骂够了，说出一番就事论事的话来，"当年嫌他穷不跟他，现在他阔了又臭不要脸地回来抢，如意算盘打得也太美了吧。可你也不掂量掂量自己有几斤几两，他要你有什么用？毁了我这桩亲，他的厂子还想不想在镇上开下去了？你犯贱，他可不会犯傻。"

最后再次总结道："所以你就是个让人白睡的烂货。"

倪晓莉说完又啐了一口，这才气哼哼地扶起车来走了。乔薇仍旧孑立着一动不动，只感到风从衣缝里灌进来，贴着皮肤游走，仿佛把自己剥光了。既然事情败露了出来，那么她认为刚才遭受的那番唾骂罪有应得，而她应该考虑的，恐怕还是以后的事。小李那边对镇长一家会是怎样一个表态，乔薇已经不想替他操心，反正结果早就是注定了的；活了快三十年，她居然这才真心实意地替自己打算起来，并且有了当家做主的感觉。刚才她望着田野尽头的镇子只觉得恐惧，感到那是一个充满了可畏人言的黑洞，会转瞬把自己吞没进去。而现在，镇子在她眼里忽然缥缈了，缥缈得像游子梦里的那个故乡的剪影。此刻的乔薇，忽然体会到了当初小李远走时的心情。

7

广州的天空是支离破碎的。立交桥从半新的楼宇之间伸展出来，相互交会又旋即分叉，站在地面上抬头望去，让人分辨不出玻璃水泥和白云烈日哪一个更高远些。好处是下雨天几乎不用带伞，绕过几根支撑立交桥的水泥柱子，乔薇就可以从学校走回住处了。

　　她来到这里的时候，根本没想到自己能够住得长久。刚开始是在一家小公司当文员，粤语完全听不懂，普通话也带着一股塑料味儿，因此总被本地的同事笑话。后来却被老板发现她的英语是个长项，和外国客户洽谈，全公司只有她能够自如地交流。于是转做了翻译，过一阵子又提了海外部的副经理，工资涨了，住处也从集体宿舍换成了自己租的小两居。两年之后赶上欧美金融危机，加工生意越来越不好做，老板索性把公司盘出去，全家移民到了加拿大。走之前老板娘念着乔薇给她儿子做过家教的好处，专门将她介绍到一所少儿英语学校当老师。又干起了在家乡时的老本行，钱却挣得不在一个档次上，城里的孩子也比乡下的好管得多，从此一晃又是两年。这时的乔薇已经习惯于把陌生人一律称为"靓仔"或"靓女"，嘴里寡淡的时候不再跑出去买"老干妈"辣酱而是到烧腊店切半斤叉烧，也热衷于周末到白云山公园去看红嘴鸥和杂交的孔雀。她爱上了看港版杂志，第一时间知道了梁朝伟和刘嘉玲终成眷属以及霍启刚总算娶了郭晶晶。她心里像电视剧里的知心大姐一样感叹道：人哪，风风雨雨走过来真不容易。

　　当初她从中心小学辞职的第二天，就到县里买了张票挤上了火车。没几天，小李和倪晓莉的订婚仪式在县宾馆里举行，又过了不到一个月，建厂租地的事情总算定了下来，镇长和他没过门的侄女婿签了合同。

小李许诺给乔校长的医药费果然兑现，总共二十万。简直像是按照存折上的数字去活一样，乔校长的身体每况愈下，一年多以后钱花完了，他也适时地咽了气。葬礼办得很清淡，乔薇在灵堂里长跪了半日，几乎不与人说话，事情一结束就悄然离开。母亲在家里独居也没有意思，索性到广州来投奔乔薇。不免又聊起镇上的事，小李的陶瓷厂居然一直没有开工建设，他人也几乎不在镇上露面了，而是带着倪晓莉长住在深圳。那个共同投资的肖公更是不见踪影。镇上的人慌了神，几次三番派人去深圳，催投资方履行协议，小李他们却表示租地和建厂是两码事，地先租下来，厂子什么时候建就不是当地政府能过问的了。镇里这才发觉订合同的时候出了疏忽，却又不知道对方葫芦里卖的是什么药。哪有把地占下来什么都不做的？每年的地租却都一分不少地按时汇过来，难道投资方存心拿这钱打水漂玩吗？镇长打着去看侄女的名义又去了两趟深圳，却只在一套公寓里见到了成天窝在沙发上看电视的倪晓莉，小李在哪儿连她也不知道。

再往后，乔薇给了母亲一些钱，盘下了少儿英语学校对面的一个小卖部。母亲白天出摊晚上去街心公园跳集体舞，老都老了却把自己改造成了一个广州人。两人相依为命，谁也没再提议回去看看。反正家里已经没有亲人，剩下的只有供邻居嚼舌头根子的陈年丑事。从此竟然和家乡彻底断了音信。母亲结识了不少牌桌上的朋友，眼下忙活的是给乔薇介绍对象，她一再强调乔薇已经三十三了。

这个周末又逼她去见一个萝岗区的中学老师，那人四十出头了，离婚还有个孩子，优点是在城里有套房子。乔薇在一家茶餐厅和男人见了面，彼此兴趣都不大，便说家里有事，起身告辞。刚走出来，经过餐厅开向街面的落地窗，她猛然在挂满烧鹅乳猪的明档旁看见了一个人。那女人穿一件浓艳的丝绸衬衫，头发烫得像某种名贵的犬类，吊梢眼上插着两排坚挺的假睫毛，但仍能认出是倪晓莉。倪晓莉夹着一支香烟，正跟桌对面的一个男人高声谈笑。那么他是小李吗？乔薇不自觉地挪了两步，让男人的脸从半扇乳猪的遮挡下露出来，看到的却是一张不遑多让的油光肥腻的脸，头顶半秃，岁数比小李大了十来岁。而就在她吁了口气的同时，倪晓莉却也看见了她，一把抓起坤包，欢呼雀跃地奔出来。

他乡遇故人，乔薇还在尴尬，倪晓莉却表现出十二分的热络，仿佛当年那一场破口大骂根本没发生过。她问乔薇现在在广州"发展"吗？乔薇说在这里上班。她又扫了眼乔薇的衣着，说你还在当老师？乔薇说还算是吧。倪晓莉就啧啧几声，说你真行，在哪里都是教育工作者。

然后倪晓莉一拍脑袋，硬要请乔薇去做美容。乔薇自然说算了吧，倪晓莉却一把拽住她的胳膊："我有卡。"

乔薇指指茶餐厅的落地窗："那么那位……"

"让老王八蛋自己玩儿去，谁有工夫陪他扯淡。"倪晓莉干脆地说。

两人躺在美容床上，脸上敷满了加勒比海底下挖出来的泥巴，乔薇总算渐渐适应了倪晓莉那种没心没肺的、傻大姐般的待人方式。她想，以前怎么没发现，这姑娘其实还挺可爱的。她还想，自己如果也是那种笑能笑得歇斯底里、骂能骂得狗血淋头的性格，日子会过得快活得多吧。倪晓莉问完乔薇的现状，就开始喋喋不休地介绍自己。她说她现在也出来"创业"了，深圳广州两头跑。公司暂时还没开，暂时挂靠在别人手底下，但是靠着朋友多，不少"大佬"格外照顾她，生意也做成了几单。比如美容院用的这种海底泥，就是她推广的产品之一。

乔薇却诧异倪晓莉还用自己挣钱花："你何必出来受这种辛苦。"

"否则吃谁的去呀？"

"小李不是……"乔薇说了半句，自己先停住了。

"那个王八蛋就别提了。"倪晓莉脸上的淤泥旋开一个大大的孔穴，随即往里塞进去一支烟，"他算是把我给祸害惨了。什么他妈的在外面发了财回来投资造福家乡？鬼扯……结婚以后我才知道，这家伙混了七八年，不光钱没挣到，还欠了一屁股的债，在深圳让人追得东躲西藏的，每年得搬好几次家，还有人放出话来要把他砍了扔到海里去呢。我叔叔他们也是蠢货，居然信了他那些天花乱坠的屁话，后来又托了好多人才弄清楚，原来建陶瓷厂都是假的，那些人是挖了个坑专等着镇政府往里跳呢。主谋正是那个姓肖的香港老家伙——其实也就是买了个香港身份，最早是惠州的农民——小李欠着他的钱，他就逼着小李出头，让他回老家疏通关系，先骗镇里的干部，再骗镇上的老百姓，帮他用便宜得要命的价格把地拿下来……当然啦，小李这种小混混也就是在低层次里糊弄一下，要想搞定这件事情，归根结底还得靠老肖去走上层路线，给那些当官的真金白银的好处。老肖给小李把债务免了，好像此外还给了他二十万块钱的辛苦费，不过这钱我根本没见到，估计是拿到别处填亏空了。就为了这点好处，他妈的还真卖力气，在台上对着百十号人又是忆苦思甜又是赌咒发誓的，连回老家娶媳妇这种噱头都编得出来。我后来就对他说，你可真是他妈的影帝啊，把镇上的土包子耍得团团转，还把镇长的侄女给哄上了床。然而娶回来也得养啊，把我往深圳的出租屋里一扔，他就又跑出去躲债了，刚开始听说去上海了，后来又有人说他去了越南……总之是人影都不见了。这让我怎么办？家也没脸回，出去做鸡吗？幸亏我自己脑袋灵，没有他也饿不死，不就是北方人说的空手套白狼吗，他会我也会……"

"他根本就没打算回去办厂吗……"乔薇恍惚着重复问道。

"没跟你说他没钱吗？没钱办个屁厂。那事情从一开始就是骗人的。"倪晓莉恶狠狠地答道，说出"屁"字的时候气势很足，嘴唇之间如同爆破，把嘴角的海底泥都捎带着崩出去两滴。接着她又告诉乔薇，事情到这一步并不算完，再往下还有更让人瞠目结舌的进展呢，而这就是从来不和镇上联系的乔薇所不知道的了。大概两年前，本来已经陷入停顿的建厂事宜终于重新启动，但执行的却不是原班人马，而是一个说话像鸟叫的福建人，姓肖的把地转包给了他。福建人办的却是染料厂，一打听才知道属于重污染企业，在沿海已经被勒令关停了的。镇上的人当然不干，又闹起来，可是人家拿着白纸黑字的合同，扬言打官司也不怕，又说不建厂也行，镇政府得赔给他一笔天文数字。商人从来就和官员有勾连，县里处理起这事的时候，也完全站在福建人一边，态度也比当初那次强硬得多，要求镇里这次无论如何要配合资方把厂子办起来，"抓住腾飞机遇"。下狠手拘留了几个闹得最凶的领头人物后，染料厂的一期工程便仓促完工了，刚一投产，本地人立刻发现了环境的变化：河面上漂浮着五颜六色闪闪发亮的油彩，河水臭气熏天，鱼虾死了个干净，连人也不敢在河边逗留；再往后，村里的老人孩子纷纷得了怪病，胳膊腿上长满了大包，一抓就鲜血淋漓。小国寡民了几百年的故园，转眼间就变成了有毒的臭水坑。而染料厂的建设计划还没有停，一期上马后又紧锣密鼓地筹建二期、三期工程……镇上有点头脑的人这才醒过了味儿，原来老肖那伙人干的就是这种营生，他们打着动听的幌子拿下土地，然后包给那些肯出高价的重污染企业，一转手就是几千万。但相比于恨老肖，人们更恨的还是小李。老肖是外人，小李却是帮着外人坑害自己的家乡人，这是什么品性？比狗还不如了。如今大家路过小李家那修葺了一半的老宅，人人都要狠狠地啐上一口咒骂几句，简直如同在岳王庙门前见到了秦桧的铜像……

　　"连我也给捎带上了，我一回去就有人隔着院墙往窗户上扔砖头。他们还传我也拿了多少多少钱，其实冤枉啊。现在镇上稍微有点办法的人都在想尽办法往外跑，反正事情已经这样了，到哪儿都比守着那家厂子等死强……我也懒得再跟那些人辩解了，只想着能多挣些钱，赶紧把我爹妈接到深圳去……"躺在美容床上，倪晓莉越讲越出神，到这时已经像喃喃地说着梦话。但她又像想起来什么似的，扭过头来盯着乔薇：

　　"当初你在小李身上也是没少下功夫的吧，对不对？"

乔薇不知道该怎么回答才好。

倪晓莉的一张泥脸下，却浮现出诡异的苦笑来："我
还担心他被你抢走了呢，你们是初恋情人嘛……"

那四个字听得乔薇魂飞魄散。她默默无声地直视着
倪晓莉，眼神却散焦了，缥缈了，仿佛穿越了千山万水
和荏苒光阴，回到了多年以前小李还是原来那个小李的
时候。小李和她在屋前玩耍，小李陪她从学校走回家，
小李在月夜里背井离乡。那些场景历历在目，一草一木
都还清清楚楚，可是小李那个人的脸庞，乔薇已经不记
得长什么样子了。

「坐在楼上的清源」

清源坐在二楼上。房檐下一片水蒙蒙，有时候水汽越结越浓，就会下起雨来。然而无论下不下雨，她脚下总是噼噼啪啪，因为一楼是一个麻将馆。天色还算清楚的时候，她能看很远，眼光跟着青石板铺成的小路一直走进雾里。路旁全都是木板搭成的小楼，木板窗，木板门，二层住人，一层开着门脸：寿衣店、粮店、修鞋摊子。这里就叫木板街。街的东头，清源记得是竹林，西头有一条大路，多少年来，清源的爸爸会在每个月的今天一手夹着书，一手拎着当作茶杯的罐头瓶，从路上的雾中走来。

　　在别人眼里，清源一坐就是一整天，除非有人上来买草糊，否则一动也不动。两只手放在膝盖上，在栏杆后面稳稳当当地坐着。但是清源看得清清楚楚，街上的东西都在动：太阳慢慢地从东头走到西头；雨一滴一滴地下；串起来的纸钱少了一串，有人哭着离开；鞋匠缓缓把锤子扬起来，轻轻砸下去；连那些木板楼也在风里轻飘飘地摇晃。只有清源一个人不动。

这天早上，街上的人刚刚开门，清源已经坐在二楼了。对面的珍阿姨出来，用一只脸盆把尿倒下去。那条水流有时白，有时发黄，但总是很细，正好倒进下水道。倒完尿，珍阿姨抬头说：

我说那么香呢，原来是清源出来了。

清源说：是我家的草糊香。

这时候楼底下的老曹跑出来，哈欠连天。他有一个明亮的红鼻头，声音像点燃的柴火一样干裂：

我说那么骚呢，原来是阿珍出来了。

阿珍说：你一张嘴，就臭了。

老曹说：你的尿何必早上倒呢，直接撒到下水道算了。反正你的准头好。

阿珍说：你的嘴那么臭，何必还吃饭呢。直接吃屎算了。说完她就扭回屋里去了。

老曹跑到街中间，仰着头对清源说：

清源，你知道阿珍为什么用那么大的脸盆撒尿吗？

清源也仰着头，不往下看他。老曹还在兴高采烈：

因为她的屁股太大啦，马桶根本坐不下。

说完扭扭头，看着阿珍的门口，然后再叫：

清源，清源，今天为什么出来那么早呀？

清源朝远处说：我爸今天回来。

老曹从嗓子底下哦哦着，走回屋里去。这个四十来岁的男人，从上面看，脑袋顶上已经没有什么头发了，好像一只鳖正在水草里游动。

空气还是那么湿，清源睁大了眼睛向西边看着。街上的声音多起来，几个人正在东边说话，耿鞋匠正在给皮鞋上钉。光线明亮了一点，照得清源的眼睛更大了。这个时候，路上多了一个又高又瘦的人影，像芦苇一样容易折断，走得懒洋洋，不时还趔趄一下。一本书，一个罐头瓶，清源的手扒在栏杆上，看着爸爸走过来。

他走到楼下，四下转转身子，才顺着搭在阳台上的竹梯子爬上来，也不上楼，就抓着梯子对清源说：

我又来啦。你还好吧？

清源说：您上来吧。

她爸爸摇摇头，一只手从兜里拿出一个信封放在装草糊的桶盖上。清源又说：

我给您装点草糊路上喝吧。

他拎起茶杯看看说：算了。我这是新沏上的茶叶。

两个人对着看看，清源的眼神像这时的太阳一样温和。她爸爸往屋里打量打量，问她：不缺什么吧？

不缺。

那我走了。他几下跳到地上，往回路走去，一会儿就回到雾里。清源一直看到他不见了，还在看。一两只鸟飞过去，就像鱼一样。清源这时才醒过来，想哭又不愿意哭，头低下去，前额靠在柔软的木栏上。

爸爸走后一会儿，几个老人从楼下的麻将馆出来，其中有一个正在呜呜地哭。清源认出来他是西头的张伯，他们昨天晚上走进去，今天才出来，这种景象很常见。老曹也眼泪汪汪地跟出来，不过他只是因为太困了。

老张，你走错啦。老曹笑嘻嘻地对张伯的背影说。

张伯老泪纵横地回过头来，眼睛好像两颗杨梅。

你应该往东走。老曹说，去寿衣店挑一身便宜一些的。

张伯的哭声像冬天的树叶一样一下子飘开，在几个老人的陪伴下慢慢走远。

老曹抬起头来，好像鳖翻了个个儿，露出耀眼的鼻子：

明明手气背，还要玩到底。鸟都软啦，头皮还是那么硬。

清源平看着对面，装作没听见。阿珍的衬衫、裙子和小衣服好像花开在雾里。老曹还在说：

清源，你在上面闷不闷？

不闷。

下来，我带你到椒江买衣服。

不去。

那我上去了。他说着就攀着梯子往上爬。清源拿起木勺，舀了一勺草糊举起来，老曹迎面看到勺子慢慢斜过来，赶紧说：算啦，算啦。然后跳下去，清源看见那只鳖一下子变小了。老曹拍拍衣服说：

干什么呀，干什么呀？

他又恨恨地说：我把你的梯子搬掉。

这时阿珍又出来了，她说：你是什么东西！他们两个一上一下地骂起来，清源偏过头，继续向那条白茫茫的大路上看过去。她爸爸已经上汽车了吧。她看了一会儿，发现雾里多出来两个亮点，越晃越显眼，还传过来人说话的声音。声音远远，裹在雾里，好像没法破壳的小鸡。

清源的眼睛看得都累了，他们才走近，那是两个她从没见过的人。一个小伙子，一个姑娘，都穿着宽大的衬衫，背着高过脑袋的大书包。姑娘的头发短过耳朵，男孩的头发却比她还长。老曹和阿珍也停住，看着他们。

那女孩站住脚，用电视里的语调问：

请问，县宾馆在哪里？

老曹啊了一声，说：往下走，走过竹林就是。

女孩脸上露出奇异的表情：什么？再说一遍好吗？

老曹再说一遍，她还是没有明白。这个时候，小伙子抬起头看过来，眼光正好和清源对上。清源的眼睛像露水一样，和他看了一会儿，低下头。但对方对她喊道：

你的桶里卖的是什么？

清源慢慢说着普通话：草——糊。

小伙子两步登上梯子，和她脸对着脸说：草糊是什么？

清源的脑袋往后缩了缩：草糊就是草糊呗。

干什么用的？他已经蹲到阳台上了。

喝的。

什么味道？我来一杯。

那女孩又在楼下喊：你干吗呢？

小伙子探下头去说：卖草糊的。草糊。

什么呀？赶紧下来。先到宾馆再说。

急什么，这儿的宾馆又不怕订不上房。

我累着呢。

小伙子赔笑着说：就一会儿，我还没见过呢。

你没见过的多了。姑娘气势汹汹地说，但是忽然又叫起来，你看你看，那边有一棺材店。说着就跑过去了，书包在屁股上一颠一颠。

清源的声音忽然冲破嗓子，说话也快了：你要乌梅的还是柠檬的？

小伙子回过头来，笑容还没有消失：柠檬的。

清源为他舀了一杯草糊，浇上柠檬汁。他抿了一小口，然后一口喝下去。

好喝吗？

好喝。

两个人对着笑了一会儿，清源的手拿着木勺，白得几乎透明。小伙子想了想，看着她，也没出声。又一会儿才终于说话了：

草糊是用什么做的呀？

一种草，也说不出来叫什么。有人到山上采，我买过来熬成这样的。过去临海有许多人卖这个，现在没几个了。

好像果冻一样。你采过吗？

清源低着头：我不去。

这时女孩的声音又冒上来：走不走啊？再不走你住这儿算了。小伙子赶忙回头说：来啦。他匆匆对清源说：

再见。

清源没说话，把木勺放回桶里。他们踩着青石板走远，女孩还在不停地埋怨，小伙子答应着，忽然抽空把头扭过来，正好看见清源在看他。

老曹弯着腰，毫不顾忌地用土话说：鸡巴学生。

又过了两天，也没看见那两个年轻人。清源回想起来，那小伙子的眼睛很亮很热，不像这里的太阳。她这些天出来得比过去晚了，醒了就躺着发呆，听到木窗外老曹和阿珍在斗嘴。有一天连他们的声音也没有了，原来是外面正在下雨。清源的眼睛大大地瞪着房顶，有时候流两滴眼泪，有时候又笑一笑。

第二天雨停了，阳光像柳絮一样轻。那两个年轻人看来是走了，清源决定早起摆摊子。她从早上坐到傍晚，天色忽明忽暗，很多鸟从头顶滑过去。这么坐得清源身上懒洋洋的，但是心里却很累。这时候雾忽然散了，她能够清楚地看到西边的大路，有力地向远方奔跑。她想象着自己轻快地走在路上，路旁都是树林和青山，路上人来人往，一直走下去，不知道走到哪儿。可是低下头，又看见桶里黑乎乎的草糊，像镜子一样映出她的脸来。常年躲在屋檐下，她的眼睛显得特别大。水面内外两双眼睛互相看着，清源长久地发起呆，出了神。

喂，你干什么呢？一个人的声音把她吓得弹起头，那个小伙子眯着眼睛对她笑。清源向下面看看，那女孩不在街上。她捋捋头发说：

喝草糊？

对。明天我们就走了，我一个人过来再喝一杯。

清源为他盛上一杯乌梅：这种你还没喝过呢。

小伙子接过来，坐在阳台上，两条腿搭在梯子上轻轻踢着。他这次一小口一小口地喝，同时在问她：你每天在这儿？你今年多大了？你家人呢？

清源回答他，也问他：你呢，你是学生吧？

对。小伙子说，我和——女朋友来旅游。

去哪儿了？

大陈岛。就是东边海上的那个岛，坐船三个小时才到。你去过吧？

没有。

那古城墙你总该去过吧？

没有。清源再把头低下去。

什么？小伙子惊讶得坐直了：你住在这儿，还没去过？

清源头也不抬地说：没有。

一直在楼上坐着？

对。

为什么呀？

能看见我爸爸从椒江回来。他是老师，在那儿教书。

那也不至于不下楼吧？小伙子哈哈大笑起来：我今天晚上一个人到灵江边上，你和我一块去吧，那儿有个快活林饭馆，据说靠着江。好不好呀？他把脸凑到清源鼻子底下，仰着头看着她的眼睛。

清源看着他，近得头发能垂到他脸上。她几乎没有声音地说：不行。

不会吧？我像坏人吗？小伙子把手放到木凳背上摇着：好吗好吗？越说摇得越用力，好像非得让清源答应不可：我叫小马，你呢？

那木凳太旧了，被摇得吱吱响。清源好像坐船一样晃着，也不说话。忽然她肩膀一歪，手没来得及抓住栏杆，肩膀摔到地上。

没事吧？对不起对不起。小伙子红了脸，赶紧伸出手来想把清源拽起来。可是他发现清源的脚根本不动，怎么也站不起来。她伸着手，肩膀耸起来，把头埋在胳膊底下，露出一块尖尖的颈骨。好半天她才抬起头来，脸白得阳光好像能穿透过去，眼睛下面挂出两滴眼泪。小伙子傻了眼，小声说：

怎么回事？我扶你起来好吗？

清源把手拿回去，撑着地面说：不用了，我站不起来。

两个人坐在阳台上不说话，忽然之间，清源心里也好像散去了雾一样，一句接一句地告诉他：她七年前，因为在楼上跑着捉蜻蜓，从这里掉下去，摔坏了腰，从此腿就动不了了。没法出门，就在楼上卖草糊。又过了两年，妈妈死了，爸爸调到椒江的学校教书，从此就不在这儿住了。人们说，他又在那边结了婚，好像还有孩子。他每个月来给清源送两百块钱，虽然没间断过，但是待的时间越来越短，恐怕总有一天，他就不来了，也许是死了，也许是当她死了。过去一个人坐着，清源还会唱歌儿给自己听，但是现在也不唱了，因为她发现时间越过越快，还来不及闷得慌，一天就过去了。小伙子看着清源的脸，呆呆地听着。半天他才说：

我晚上还来看你，明天走之前也来。

清源说：不用了。反正你总也要走了。

小伙子说：那我明年还来看你，有时间就来。

这时候楼对面忽然有人喊：清源，你怎么了？原来是阿珍看见她坐在地上。

清源说：没事，我摔下来了。

好好的怎么会摔？阿珍扬起嗓门对小伙子喊起

来：什么玩意儿，在城里吃饱了，跑过来占残废的便宜。

她说的是土话，小伙子没有听清，还问：她说什么？

老曹也在下面歪着嘴说：说你的鸡巴不老实。这次小伙子听懂了，呼地站起来说：

你再说一个，孙子。

老曹撇着两条腿跑进屋，跟着几个男人跑出来，向上面骂骂咧咧。清源说：你快些走吧。小伙子说：我晚上还来看你。

他下楼去，头也不回地走了。老曹远远地跟着说：帝国主义夹着鸡巴逃跑了。清源终于向下面说：

你住嘴。

他娘的。老曹跑回来说：你终于跟我说话啦。好话歹话，总比不说话强。我上去，我们再多说几句？

清源推了一下椅子说：你敢上来，我就把你砸下去。

老曹不平地说：干吗对我就变脸啦？学生说走就走，向你爸提亲的还不是我。

晚上，小伙子也没来，第二天也没来。他像水纹一样消失在水里了。雾气变成雨，雨水变成雾，清源还像过去一样，从早坐到晚。直到有一天晚上，清源躺在床上，一个人影从阳台上跳进窗来，啊啊叫着压在她身上。她用尽力气推，也推不开，连叫也叫不出来。木板街上的人好像听见哭叫的声音从地底下冒出来，又像很远的地方有个女人在轻轻地唱歌。第二天她没有坐出来，直到过了半个月，她才出来摆摊子，人又脏又瘦，好像树叶到了秋天。

三个月之后，清源的爸爸从椒江回来，这次他在路上走得风尘仆仆，踩得每块石板都在响。他爬上楼来的第一句话就是：

谁的孩子？

清源说：不知道。

他挥挥手说：那就报案。

清源在幽暗的光线里望着父亲，一副任人处置的神色。父亲说完报案却也不走，而是在二楼踱来踱去，对着目光所及的半条街清声说道：

这件事情是一定要报案的。一定要报案的。

这样说了不知多少遍，表达报案的决心。但是报案

能解决什么问题呢？即使把人抓住能解决什么问题？想
到这里他的声音越来越空洞，好像面对着一个人在空无
一人的教室中讲课的回音。当这回音越来越小，趋近于
无的时候他也住嘴了，感到口干舌燥，就从脚边的桶里
舀了一木勺草糊，也不加料，一口喝下。喝完以后回头
对清源说：

我看你还是结婚吧。

清源要在镇上找人结婚了。这件事情传得很快，也
成为很多人生活里的新希望。长成她这种模样的姑娘，
即使只放在二楼上摆着，也是一件让人感到美不胜收的
景象；况且事实已经证明，她也能够做一些事情，做完
之后居然还有成果。虽然已有的成果是别人的，但跃跃
欲试准备应婚的人或者年纪很大，或者是孤苦伶仃的外
乡人，或者本身也有残疾，摊上这样一个清源，非但不
觉得吃亏，还认为是命中注定的天理公道，甚至还觉得
是一种赐福。每天在楼下过往的人中总有几个来回走动
不快速离去的，一律非老即穷，这些人偶然飞快地向楼
上瞥一眼，相互之间也没有竞争者的敌意，而是好像共
同经营着某项事业一般，客气中带着协作，协作中又互

相揣测心意，当然更多揣测的还是楼上人的心意。

清源还是每天坐在二楼上，脚下放着木桶，姿势毫无变化。既然身体内的秘密已经公布于众了，那么她也没什么不敢见人的。沉静的眼神里多了一分听天由命，好像两潭千年古水，清风过后不起波澜。她从来不看楼下徘徊的人是谁，也不想那天晚上的人是谁，生活里的很多事情对别人来说一定要弄清楚，否则就是白活，对她来说却能成为永恒的秘密。

这样过了一个月，又到了父亲从椒江回来的日子。那些徘徊的人像约好一般，都认为在这一天上门再合适不过了。这天的景象虽然不能说壮观，但在镇上也算是奇观。人们看到方圆几里最穷最丑的老男人都聚到楼下来，未显出孜孜的渴望，倒让人感到相互怜悯、自我怜悯的唏嘘。间或还有几个二流子，带着诗意的表情，在雾气重重的光线里如痴如醉。来的人里还有老曹，他的身份最特殊，处于老男人和二流子之间，或者兼而有之，只是不用从远道赶来，坐在自己家门口，露出近水楼台以及其他含义的嘚瑟。虽然早已料到，但对面的阿珍还是先哈哈大笑，后响亮地朝他门口吐了一口浓痰，又端着脸盆晃晃悠悠，做出将那些液体泼过去的情形。

　　这一次那个教师受到了有史以来最为隆重的接待，有那么多人眼巴巴地盼着他从雾色沉沉的大道上走来，只是原先盼着他的那个人却不再有这种心情了。清源的眼睛还对着那个方向，但看的却是更远的远方。在她眼里，那些地方就像未来的时间一样，都笼着大雾，人走在里面全不认路，但又不能不走。

　　教师这一次来还穿着旧制服，一手拿茶杯，一手拿书。他看到这个景象后，也不说话，径自爬上楼去。老男人们不作声地给他裂开一条路来。他在楼上站稳，沉默地扫视着底下毛发稀疏的天灵盖，好像在河边观看着杂草丛生的鹅卵石。很多人都是他少年时的朋友。教师又清清嗓子，用朗诵的腔调对下面启发道：

　　你们也不来喝杯草糊？我们家清源快要不做这生意了。

　　那些鹅卵石恍然大悟，默默地骚动起来，相互碰撞着，看起来在做无规律运动，好像显微镜下的水面微生物。终于有一个误打误撞地走对地方，沿着梯子慢慢变大，其他的也就找到了路径，排起队等着。

　　上来的人也不抬头，低声报出自己要的口味，清源抬着头却视而不见，照吩咐把草糊盛了递给他。那人讷讷接过，一饮而尽，把杯子放在桶边，杯底压上五块钱，然后迅速顺着梯子溜下去。教师这时就拔出永生牌钢笔，把此人的名字登在语文课本后面的夹页上。一个下去又上来一个，没上来的也不急，下去的也不走。每个人都照第一个一般做法，只是杯底压的钱水涨船高，已经到了五十。先下去的那些人看到上面亮出的票子，或暗自惭愧，或叫苦不迭。比较有钱的几个又开始逆向加塞，向队伍后面站去，倨傲地看着被他抛在前面的人。老曹就是进了一次屋，然后胸有成竹地站到了最后一个。教师一个一个地录着名字，最后写出的简直是一份本地鳏夫的统计名单，计有：

肖铁匠

汪羊倌

肉店张慧瑜

菜店陈嘉渊

鞋匠耿超锋

……

登到麻将馆老曹的时候，教师看到杯底压的是二百块钱，就多看了他一眼，沉吟一下。这让对方感到胜券在握，直勾勾地盯着清源，冷冰冰地瞥着楼下诸人。但教师对他说：你先下去。然后用手撑着木栏，像领导人一样问：

我家的草糊味道如何？

下面人有的不吭声，有的已经抢着说：好！教师说：再好喝也不过是山上的野草，值不了那么多钱。明天诸位再来一趟，我把零钱找给你们。

这天晚上教师睡在了木楼里。清源望着屋子一角父亲的身影，想不起他上一次在这里睡觉是什么时候了。也许五年前，也许十年前，也许从来没有过。这个想法让她对自己也感到陌生，好像对这屋子也只是偶然路过一样。但是她在阳台上眺望的那个温暖的身影又是谁呢？她又想起那个男学生，还有那夜压上身来的黑影，这些是她从未等过的东西，所以虽然说来就来，但走了又不见踪影。清源的心里又萌生了一种新的认识：凡她等待的东西总会再次出现，不曾等待的也会转瞬即逝，永远消失。外面的东西本来没有什么意义，意义就在于你会不会等它，它会不会重现。

清源这样想的时候，教师正在努力让自己入睡。他睡前一句话都没有说，只是把白天每个人压在杯底的钱清点了一遍，又在语文书上登了记。他也想把自己看作一个偶然的过路人，并且抱着这种心态安然睡着了，但梦中听到窗上的木板吱呀一响，这屋子里的旧事还是绞成一股，从耳朵钻入梦里，又膨胀开来，无法理清。他仿佛看到亡妻正在楼下扇火，用铁锅熬着草糊，清源坐在二楼，一动不动地注视着西边的大路；而他自己居然在屋里和现在的妻子一起备课，他们三岁的儿子却用筷子蘸着玻璃罐里的乌梅汁……这个景象他不觉得惊讶，只是感到时间流逝，心上的东西越压越重。直到第一缕阳光飘到他脸上，才吁出一口闷气醒来，蓦然看到清源已经在有心无心地注视着他，眼睛大得能装下一个人。

　　教师看着清源，半晌才感到她在等他说话，就问：昨夜冷么？

　　清源说：有风，但不冷。

　　你什么时候醒的？

　　我不知道。每天都是这个时候吧。

　　教师披上衣服站起来，打开窗户吸了口湿气，就着清新的味道吮了吮又苦又涩的舌头，用明朗的口吻对清源说：

你想嫁给谁？

清源像不假思索一般，静静地说：嫁也可以，不嫁也可以。嫁给谁都可以。

教师顿了顿：你放心，娶你的肯定是个好人。

快到午饭时候，昨天那些来客重新来到楼下，看见清源和她父亲已经在阳台上等着了。一个站，一个坐，两个一言不发。教师不停向下看着，像在找一个人。目光扫过每个人脸上时，那人的眼睛里都会怂怂地闪一闪光。只有看过老曹时，他做出不负重任的神态，高昂起红鼻子。看看人来得差不多齐了，教师说道：

今天是请大家来的，所以草糊白送一杯。

有了昨天的经验，这次很快就排好了队。站在前面的担心自己只是个铺垫，站在后面的担心自己成为过场，但终究一个一个上楼来。每上去一个，就飞快地喝一杯草糊，教师再把昨天的钱扣除五毛还给他。凡还钱的都不自觉地感到自己没希望了，但看看后面每个人都接到一叠票子，又以为还有下文。老曹拿过的票子最厚，他把它们铺成扇子，在脸旁哗哗扇动。这样轮了一圈，下来的每个人或眯着眼睛，或瞪着眼睛，都牢牢地注目着二楼。

教师低头看了看清源，清源正平视着前方，看着对面楼上的阿珍。阿珍叹了口气，迅速抽着鼻子低下头去，但清源却没有表情。教师像抹粉笔灰一样把手在腿上蹭着，眼睛在某两根木栏间徘徊了一会儿，最后抬起头来说：

昨天大家的钱，都找还了，只剩下一个人没有。因为我没法找他钱。

楼下一个人登时屏住鼻息，又像下定决心一样盯住教师的眼睛。教师和他对望着，唇角流出一丝笑容，同时从上衣兜里掏出一张折叠的纸来：

就是东街的鞋匠老耿。他没给钱。

教师把那张纸打开递到清源眼前。那是耿鞋匠的营业执照。

离结婚的日子不远了。这些天，清源照常每天坐在二楼上，脚边放着木桶。但在她弯下腰去给人盛草糊时，看的人都不由得提了一口气。已经快四个月了，这个动作让人感到几分惊险性。阿珍说：再过几天，就让人自己舀好了。

耿鞋匠是个老实人，尽管早有传闻，他是在河南新郑一带犯过事逃到这里来的，应婚胜利的事件又让这个传闻更加汹涌了几天，但他不言不语，不比平时多说一句话。传言撞上这张树皮一样的脸，就毫无下落地消失在雾气里了。他也不来看清源，白天依然在东街钉鞋做活，没事干就对着石板间冒出的青草出神，只有早晚两次过去，把坐在椅子上的清源与木桶杯子等物抬到外面或者抬进屋里，出完力后径自离开。他来或走时，楼下老曹都躲进屋里，并且上街也避开他的修鞋摊。

其他那些应婚不成的人也不作表态，或许有些人感到凭空受到了屈辱，但这些人多半生平坎坷，早已经掌握了把凡事当过眼云烟看待的本领，所以马上又淡漠处之。耿鞋匠的表现又何尝不是如此。但偏偏有一个人看不开，就是老曹。

此时老曹的红鼻头已经失去了显著地位，因为他一天到晚满脸通红，就连稀疏毛发下的秃顶都在涨血。街上人总能看到他怀抱着一瓶"石梁"牌烧酒，脸上挂着返老还童的笑容坐在麻将馆门口。但这笑容弥漫着一股腥气，忽然之间就会无缘由地勃然大怒，恶毒至极地咒骂着雾气中的某个虚无的对象。骂了许久，又不自主地癫笑起来，腾地拔地而起，拎着烧酒，茫然四方顾盼，好像要去什么地方做什么，但片刻又重新把屁股摔向地面。

他不再亲自和客人打牌，与人见面也不打招呼，别人叫他只是冷冷扫一眼，那张肥胖笨拙的脸居然使人想到一匹狼。对面阿珍感到气愤，故意像过去斗嘴一样从楼上骂他两句，老曹也不回嘴，受了欺负一样退回门里。这样一来阿珍反而也怕他了。久而久之街上的人也接受了这样一个老曹：天真而又阴郁，怯懦而又狠毒地坐在门前，穿堂风一过，不曾剪过的稀疏长发飘向脑袋一侧，好像飞行中的彗星尾巴。

人们都知道他这副样子是与应婚那件事有关的。不少人联想到了什么，也预料到了什么，但都心照不宣地不开口，仿佛约定了在等待预料成真的那天。

这一天转眼就到，耿鞋匠终于去接清源登记结婚了。他从邻居中间拼凑了几个闲人作为迎亲队伍，这支乌合之众穿着色泽杂乱的家常衣服，裹着一股毫无目的的喜庆气氛向西边进发。他们在街当中看到教师形单影只地从对面的远处走来，于是站在原地等他。教师加快了脚步走到鞋匠面前，对他说：

你辛苦啦。

耿鞋匠客气地说：您更辛苦，您走的路远。

于是教师走在了队伍的首位，带着和自己年纪差不多大的女婿去结婚。他们远远看见二楼的阳台上，清源在静静地坐着。雾色还没消散，她像是飘浮在半空一样，又像是即将消失的人影。教师向上面挥了挥手，猛然间感到气氛凄凉，胸口堵住的东西豁然冲开，想要流几颗眼泪。但他终于没有表露出来，不快不慢地走到楼下，却看到老曹站在门口。耿鞋匠全当没看见这个人，教师想开口和他打个招呼，但还没看清对方的表情，就觉得一下眼花，那个矮胖的身形已经噔噔噔顺着梯子爬了上去。

老曹一口气爬到半截，从木栏中露出一个脑袋，正对着清源的两腿。他抬起头，看到舒缓隆起的小腹，略微鼓出的胸脯，用纸折成一般的肩膀，最后是白得透明的脸庞。清源一言不发地看着他，似乎抿了抿嘴唇，一缕头发从额头上滑下来，落到嘴角。老曹猛然回头，看看下面愣住的一群人和许多窗口里探出的脑袋，而后再转向清源，又好像对着天空大声说道：

你的孩子是我的！

但这句话像是既不难猜，也没人关心的谜底一样，并没有给人们带来震动。下面似乎有几个人交换了一下眼色，还有人轻松地插着兜看着他。耿鞋匠眼里闪了闪光，但没说话，教师扯着嗓子对上面喊道：

老曹，你他娘的给我下来。今天是我女儿结婚的日子。

老曹喘了一口气，又干裂地说：

这孩子是我的。

这时候耿鞋匠走到教师前头来，一只手抓住梯子，那只手粗糙而有蛮力，就像钉在梯子上的一块木头。他眼里重新闪出凶光，说：

你下来，我不动你。说完手也不动，只是梯子咔嚓一响。

老曹脸色苍白，红鼻头也掉了色，变成了一个满是洞穴的蜂窝，他嗓子一跳一跳地说：老耿，我也没对不起你，没有我，清源也成不了你的老婆。我知道我不是人，可是我坐牢也好，一件事得讨个公道。清源的孩子是我的，他不能变成你的儿子。

耿鞋匠肩膀一动就要蹿上去，但老曹飞快伸出手，抓住了清源的一只脚踝。耿鞋匠生生停住身子，一只手离老曹只有半寸。老曹抬起头，又看着清源说：

清源，我知道我不是人，你也不用把我当你的男人。不过那孩子是我的。我说的是实话。

此时他清楚地看到清源的眼里有一股清水流过，她的耳朵像小鸡的翅膀一样动了两下。清源眼睛越过他，但又不知是看谁。她最后开口说：

不是。这孩子不是你的。

她的声音像最先打在石板上的几滴雨水，每个人都听得清清楚楚：

这孩子是一个外地来的男学生的。

不对！老曹尖锐地叫着：那天是我！

我的事我最清楚。清源说：不是你，是那个学生。我让他来的。

老曹一急之下，又往上爬了两步，几乎要登上阳台了。眼看他要上来，清源却往前一扑，两手扒在矮矮的木栏上，半截身子悬到外面说：

我说是就是。你要再说我就跳下去，我不死孩子也要死。

老曹额头流下豆大的汗珠，又一次呆在原处。楼下众人看着清源树叶一样挂在半空的身体，不敢说话，连

动也没人动。这样过了不知多久，清源好像支持不住
了，身子陡然一颤，对面的阿珍啊地喊出声来，声音短
促，戛然而止。老曹忽然用光全身的力道叹了口气，几
步砸下梯子，也不看人，顺着路向西边走去，走时鞋底
不沾青石板，肩头脑袋一晃三摇，倒让人想起过去天台
山上的癫和尚来。

在众人的屏息注目下，清源慢慢缩了回去，父亲跑
上楼，帮她重新坐稳在椅子上，然后弯腰把住两条凳腿
对耿鞋匠喊道：

你还结不结婚了？结婚就上来帮忙。

清源被两个男人抬起来，看着阿珍晾的两件衣服摇
动着下沉，几只飞鸟咻地掠向眼底。她伸长脖子，翘首
向远方望去，那目光似乎越过了对面的木屋顶，越过更
远的树梢和房屋，越过雾气迷蒙的小镇，直在从没见过
的河流和城镇上空飞翔。她的目光之下，一列破旧的火
车正在铁路上缓缓而行，车窗前坐着一个郁郁寡欢的年
轻人，他用肩膀支撑着正在睡觉的女友，手上夹着一支
香烟，透过烟雾重温了某一次旅行，也结束了自作多情
的对异乡的想象，给自己讲完了一个编造的故事。

「张先生在家么」

"这儿现在已经没有人住了。"李小青像领着一个盲人一样牵着我，走在笔直、宽阔的大干道上。我软弱无力地被她握住右手，抬起眼睛望着树梢间流下来的渔网一样的阳光。这个大院里空无一人，即使在大白天穿过它，似乎都能听到远方传来的脚步的回声。我顺着风的方向，让目光越过李小青的肩膀，尽力向北望去，几里开外影影绰绰站着一个无人驻防的哨岗，在刚刚入冬的风中显得摇摇欲坠，仿佛即刻将被吹走一般。

　　路边挺立着无数棵高大、粗壮的梧桐树，手掌般大小的树叶已经飘落殆尽，在地上一浪接一浪地滚动着，也无人清扫。树后面是一排又一排灰暗、敦实的苏式二层小楼，有几家临走之前窗户没有关好，已经在昨夜陡然袭来的风中被撞碎，还在摇摇晃晃，磕出空旷的响声，远处听来，好像一个沙哑的嗓音正在断断续续地低语。我还记得半年以前来到这里，空中四面八方飘荡着军号声，路上的人行色匆匆，尽是整齐划一的警卫连战士和从人家里跑出来的哈巴狗，间或有一辆老式日本轿车绝尘而过，车窗里露出一张虚胖、和蔼的老人的脸，却长着一双猛禽一般尖锐的眼睛。现在这些人都不见了。我问李小青说：

"你们院儿的人都搬到哪儿去了？"

她说："八大处那边吧，整个儿机关都搬了。"她有些得意地用脚把一堆路牙旁的树叶踢得飞扬起来，"我爷爷他们早就搬了。这儿还有一个来月就要拆掉了，地皮划归给装甲兵了。"

我们在主干道正中间的一幢小楼前停住脚步，李小青从兜里掏出钥匙，打开厚重的铁门。一股年代久远的木地板、家具的味道混着灰尘冲出来，这时外面寒冷的空气显得格外清爽。一楼的大厅干燥而昏暗，乌木家具在里面都看不太清，仿佛一团又一团巨大的黑影。我还能回忆起今年夏天的夜晚，当战士和家属们在南边的大操场看完"主旋律"电影，人声嘈杂地渐渐散去时，我趁着夜色顺着排水管爬到二楼，敲李小青卧室的窗户，茂密的爬山虎蹭得我浑身发痒。等到她开窗让我翻进去之后，才发现大腿和肩膀上被蹭出了大片过敏的红斑。这让我在迈进客厅的时候也条件反射地抖动着上身，把脖子在帆布外套上使劲摩擦了几下。而李小青则在我身前忽然停住，向里屋探头探脑，怯生生地喊道：

"爷爷、奶奶！"

旋即哈哈大笑地跳了起来，迅速把脸扭过来，被门外的阳光镀上了一层闪亮的金边：

"逗你玩呢。他们再也不会回这儿来了。现在这整个大院里一个人也没有，只有咱俩了。"

我给她捧场一般笑着，走到茶几前翻出半筒遗落下来的"中华"烟点上一支，被过分干燥的烟草味呛得咳嗽了两声。李小青兴奋地跑过来，像狸猫一样把我扑倒在沙发上：

"这下可没人管咱们了，全世界人都嗝儿屁着凉啦。"

我也笑了："就剩咱俩，在这儿姘居。"

这个词儿让她更加激动，简直是在空荡荡的屋里、空荡荡的方圆几里的大院中扯着嗓门大喊大叫。我忽然感到这个声音瘆人起来，就像一只被虐待而死的猫一样，可是李小青一点没有察觉。我搂着她向窗外望去，一股疾风刮过几近光秃的树梢，大片的树枝猛然向一个方向歪过去，仿佛空中掠过了一个无形的巨大身影。

一个答应李小青来这里和她同居之前没想过的问题闯了进来，就像外面的冷风穿进空旷的房屋：如果是在夜里，我会害怕么？

多少年前，我就是一个时常滑入巨大恐惧感中的孩子。在神情恍惚中，我经常莫名其妙地害怕起来，仿佛已经被世界暗处的某个飘忽不定而又强有力的事物抓住了一样。这是一种预谋已久但却轻而易举的捕捉，它随时可能从某个电影片段、某张光线诡异的照片、某段不和谐的音乐，或者某个夜晚出乎意料的梦境中钻出来，瞬间把我裹在里面，让我睁大眼睛眼巴巴地看着与我隔绝的现实世界，内心的力量在孤独和惧怕中消失殆尽。

我从来没有与李小青交流过这种感受，并且一厢情愿地把她想象成了一个没心没肺，拥有所向无敌的肉感的姑娘。我由此羡慕起她来，认为她是无所畏惧的。在这间逐渐变得漆黑，外面笼罩着窸窸窣窣的响声的空屋里，我一步不落地紧跟着她，她走到哪儿我就跟到哪儿。我们浏览了楼里的每一个房间：她爷爷奶奶的睡房、警卫员的卧室、书房、厨房。整个大院都停了电，断了水，这里也不例外。家具上的清漆随着时间的流逝完全褪掉了光泽，但摸上去仍然像深海鱼一样光滑。我在某间黑屋里点燃了一支烟，瞬间在柜子上看到了自己的影像，模模糊糊，但又五官分明。我被吓得喉头发紧，满嘴苦涩，从小我就害怕在暗处照镜子，那里仿佛不是我，而是一个完全陌生的人。我赶快推着李小青跑出去，摔上门的响声倒把她也吓了一跳。

那天晚上我们吃的是来时带的罐头和面包，喝了两罐啤酒。我们没有想到水电的问题，后悔没带来照明用具，也只能坐在黑影缭绕的客厅里等待睡意。李小青已经没那么兴奋了，话也不多，我察觉到她也有些紧张，这更加加剧了我的担忧。我们眼睛对着眼睛，听着门外的风声越来越大。我一遍又一遍地想着眼下的情况：方圆几里之内除了我们，一个人也没有。恐怕她也正在想这件事情，可谁也不敢把这话再说出来。我禁不住往窗外看了一眼，树杈像一群狰狞消瘦的躯体，正在一言不发地舞动，仿佛它们已经这样跳了几千年，还要继续跳上几千年一样。我忽然感到那些没有头颅，只有张开的手臂的身体正借着跳舞之际向近处移动，所有的那一群，一个紧跟着一个。我的大腿绷得紧紧的，但又不敢轻易跳起来，等到确定它们并没有改变位置，却又发现窗户玻璃上有一个两个的黑影不紧不慢地走过，走过去又走回来，似乎正在寻找进门的方法。我清楚这里没有一个人，但又感到有人要寻机窜进来。这时忽然又听见一记水滴砸到水池上的声音，而此处的水管分明已经干涸半个月了啊。我终于控制不住自己的大腿肌肉，噌地跳了起来，李小青登时高昂起头来盯着我看，脸色在外面射入的光下一片惨白，几缕头发飘散在脸前，挡住了眼睛。

我连忙对她挤出一个笑容说："门外有猫，门外有猫。"

李小青瞪大了眼睛，半张着嘴，仿佛马上就要发出一声戳破耳膜的尖叫。她想叫但又不敢发声。我心里不停地对她说：

"千万不要叫千万不要叫千万不要叫！"仿佛她一出声，恐怖的感觉就要变成现实。这实在是最可怕的时刻，我甚至想到，如果她真的想要叫出来的话又怎么办

呢？我会不会马上扑过去，死死地扼住她的喉咙，看着
她的脸一点一点地扭曲，看着她的眼睛翻成纯白色，看
着她的牙齿尖利地撕咬着空气？

这个景象让我汗流浃背，我手里的啤酒罐已经不知
不觉被捏破，终于有一块铁片划破了我的手。我蓦然惊
醒，捂着手去找餐巾纸，李小青也神经质地忙乱着为我
包扎。我们羞涩地在黑暗中相视而笑了，但又听到对方
正在不停地喘着粗气。那天晚上我们不敢到楼上卧室去
睡觉，而是把两张笨重的沙发拼在一起当床。我们以从
未有过的默契配合着做爱，双方都毫无保留，竭尽全
力，感到身体正在屋外的寒风中和黑影间夸张地战栗，
追求着这天夜里的唯一主题：在销魂的瞬间忘却，然后
疲倦地睡去。

第二天，我们对昨夜的事情都缄口不言。我看着窗
外轻柔、明媚的阳光，清癯的树枝，又开始充实起来。
我盯着眼前的景色不放，伸手触摸着反光的桌面，尽量
认为昨夜的感觉全是虚幻，直到看见那个被捏破的啤酒
罐，铁皮上还沾着一丝暗红的血迹。这是恐怖的印记。
李小青却轻松了下来，她若无其事地说：

"今天出门，要买一些蜡烛。"

我看着她的神色，甚至感到她在隐藏着一个可怕的阴谋。我们一起出去，没有锁门就走了。回头看着在空荡的路边随风摇曳的铁门，我想，这是一个多么有安全感的象征啊。

但今天晚上的情形并不好到哪里去。虽然我们在天空刚刚发黄就点燃了蜡烛，但随着夜晚来临，烛光仿佛一下子变冷，失去了温度。奄奄一息的光亮只能让窗外变得更加漆黑，更加深不可测，也把昨晚抑郁着的恐怖气氛一下子点燃，任其弥漫在整个屋子中。我和李小青开始还有意识地说着闲话，但忽然听到屋子深处仿佛有人在学着我们的话语。每说一句，就有一个悠远而又迟钝的声音跟着学一句。

"我们学校有一个老头儿……"

"一个老头儿……"

"是不是有病啊那人？"

"有病啊那人？"

我们噤若寒蝉，再也不敢出声，重新变成昨夜那样：神经质地瞪着眼睛，紧张得膝盖发酸，清晰地看到对方脖子上的每一个鸡皮疙瘩。

这样不知道过了多长时间，我们筋疲力尽，但又毫无倦意。时间还是一条河流，但它被冰冻住了。我低头看看李小青的手腕，那上面的"DIOR"手表莹莹发着绿光：

"现在几点了？"

"几点了？"

李小青和那个回声还没有回答，我忽然瞥到窗外有一张人脸，而且凭那一闪而过的印象，感到它居然没有五官，完全是一块白色的椭圆形。我的嗓子被什么东西死死堵住，还没来得及说话，房门已经被沉稳地叩响了。

李小青的声音像弓箭一样破空滑出，歪歪斜斜地喊道：

"谁呀？"

门外没有声音。我竖起耳朵，感到头皮在不断地打战。外面好像有什么巨大的、无形无质的东西即将像流水一样从门缝里涌进来，我抓住桌子的一条腿，等了许久，才又听到敲门声再次响起来，还是刚才那个节奏，我颤声问道：

"你到底是谁呀？"

门外响起一个孩子的声音，听起来很清脆，但又像悲伤地吁着气说话一般：

"张叔叔在家么？"

李小青飞快地跑到我身边，死死掐住了我的小臂。我很诧异她竟然能有这么快、这么连贯的动作，简直是一眨眼的事儿，而手臂上的痛觉反而消退了一些恐惧，我站起来去开门。开门的一瞬间我马上后悔了：我完全可以不开门的，这里根本没有一个姓张的人。

但此时门却被外面的人拉开了，我几乎没有力气去抗拒它，门就开了。门外的台阶上站着一个小男孩，七八岁的模样，脸异常地白，嘴唇异常地红，脖子上还围着一条红色的围巾，在寒风里飘动，像他的嘴唇一样红。

我们谁也不敢出声，甚至不敢喘气，李小青还掐着我的胳膊，看着那个小男孩。他还没有抬起眼睛看我们，我们已经对他抬起眼睛的景象不寒而栗了。这样沉默了一会儿，寒风让我手指冰凉，那个小男孩终于张开嘴唇，一字一顿地说，声音像是从他身后飘过来的：

"张叔叔在家么？"

"哪个张叔叔？"我顺着惯性说。

"张——建军。"

"没有。"李小青忽然斩钉截铁地回答说,"这儿没有人叫张建军。"

小男孩什么也没说,转头就走。他走得非常之快,简直像一个被风吹走的魅影,转眼消失在低声呻吟的无穷黑夜之中。

我们迅速关上门,看看表,已经十点一刻了。李小青刚想说话,我一言不发地抱住她,这次还没有赤裸着拥抱在一起,她已经浑身是汗了。

次日早上,我一个人来到门外,沿着那条宽阔的干道走着。冬天来势凶猛,阳光已经变得有气无力。我缓缓地走着,仔细地观察着路边的每一个墙角、每一扇没关好的窗户,好像在寻找夜晚那些骇人景象的藏身之处。我知道这样是徒劳的,但依然执拗地检查了整条道路,甚至在几幢房前扒着窗户向里张望了半天。没有什么异常的情况,满眼皆是荒凉颓败的景象,过去整洁有序的大院变得杂乱不堪,空气里弥漫着冰凉的人去楼空的味道,催人泪下。

我走了半个上午,直走得浑身发热,内衣湿漉漉地贴着脊背。在回到家门口的时候，我忽然发现有一只猫在高高的院墙上凝视着我。这应该是一只被遗弃的黑猫，现在显得肥胖、丑陋，它在风中一动不动，冷冷地看着我，忽然无声地呻吟了一声，嘴角上挂着奸邪阴险的笑容。我的身上一下凉了下来，扭了三次才扭动门把手，在它的注视下退回屋里。

　　这一天我都在想着昨晚那个小孩，还有那只猫。唇红齿白的小男孩，丑陋的黑猫，无名无状的黑影。天色愈黑，我越感到疲倦、紧张、头痛欲裂，但对周围的气氛却越发敏感，仿佛每一个细微的声响、每一片树叶的飘落都无法逃避。黑夜变得更加阴森，那些黑影更加夸张地时隐时现，而且在呼啸的风中加进了垂死的笑声。我们依然什么事都无法去做，我看到李小青的嘴唇苍白得发亮，分毫毕现地抖动着。我从来不戴表，于是把她的手表要过来，紧紧攥在手中，等着某个未知时刻的最终到来，又不时张开手看看时间，生怕表针在我们的恐惧之中飞快旋转，已经跨越了千年。

　　这时我听到了一声门响，噌地弹起来，又和李小青面面相觑地呆立在原地。那声音似乎有过，但又听不见了。我走到门前，一横心打开门，登时被冷空气裹住，大腿冰凉。门外空无一物，只有风卷着树叶，在地上像一支浩浩荡荡的蚂蚁大军。我们更加提心吊胆地把门关上，正想找点什么话说，门却又响起来。这一次是真的敲门声，节奏和昨天的如出一辙：三长两短，好像一条低声念出的咒语。

我背靠着门不动，门外人又敲了一次。我说：

"谁呀？"

门外沉默了一会儿，昨晚那个声音又响起来，连语调也一模一样：

"张先生在家么？"

李小青一直目光迷离，此时忽然歇斯底里地大叫了起来：

"哪个张先生？这儿没有姓张的！"

门外的声音又消失了。我们以为这一次他走了，但马上又听到他的声音扬起来：

"张建国，张先生。"

我神差鬼使地猛然转身，一把打开了大门。又是那个小男孩，红围巾还系在他的胸前，衬得嘴唇比昨天更红，脸色更白。我等着他抬起眼睛，但他还是没有。我好像失去了力量，就慢慢地说：

"昨天不是张建军么？"

他说："我记错了。"

"那也没有。张建军、张建国都没有。他们哥儿俩不在这儿。"

小男孩飞快地掉过头去，脚步踏进波浪滚滚的落叶之中。他走得如此之快，但侧脸却似乎在路上闪着光。我们看着他转眼之间消失，那感觉仿佛他刚一走出我们的视线，就立刻消散于无形，挥发在空气之中了。

我回头看看李小青，她像痴呆一样，两只手握在一起，目光不知所措地扩散着，不知道在看什么。我去拉她的手，却发现那两只手像冰冷的大理石，怎么拽也分不开了。

我问自己，也像在问她："这是怎么回事儿？"

她没有说话。

那天夜里，李小青发起了高烧，脸颊滚烫，不停地胡言乱语。她在一段时间内甚至不知道我是谁，也不知道自己在哪儿了。我也无法入睡，孤零零地坐在她身边，和她说话好像是在和一个陌生的天外之人交谈。我打算着明天带她离开这里，可睡着的时候已经是次日早上了，一觉醒来，天又黑了。李小青的烧不但没有退，而且越来越厉害。我用凉水浸湿毛巾铺在她的额头，紧紧握住她的手，等到她体温恢复正常，也只能虚脱地躺在床上了。我拿出她的手表，又到了晚上十点一刻。我没有惊动她，点上蜡烛，一个人走到门口。石英表的秒针像抽搐一样跳动着，我一下一下地数着，但很快又忘记了数字，终于，敲门声又响起来了。

"张先生在家么？"

"哪个张先生？张建军还是张建国？"

门外很久才答道："张建设张先生。"

我打开门，低头看着那个小男孩。他脸上没有表情，把下巴埋到围巾里面。我感到心里一下一下地揪着，强忍着不说话。小男孩身后的风滚滚不停地掠过，他似乎有点发抖，这反而让我也发起抖来。不要说话，不要先说话，我告诉自己说。他一直沉默着，我有几次想要抓住他的肩膀，或者弯腰捏住他的胳膊，但我的手抖着没有动。我害怕这一把抓过去，摸到的真是一片虚空或者像蛇一样冰凉的身体。他仍然不说话，我的心越升越高，胸膛已经装不下了。我想要回到里屋去找李小青。

"没有么？"小男孩终于说话了。我把手揣进兜里，不敢把眼睛拿开，但也不开口。

　　又过了一会儿，他抬起头来看着我。他的眼睛黑得发蓝，如果在阳光之下，这肯定是一个漂亮的小男孩。我躲开他的视线说：

　　"没有。这儿没有姓张的，你记住了么？"

　　"记住了。"他转身，走下台阶。

　　我又一次看着他消失在夜风之中，但这一次我没有转身进屋。我估算着他走出三十步开外——如果他还存在着的话——就轻轻关上门，走下台阶，跟了出去。

　　我沿着干道小心翼翼地走着，周围的气流呼啸而过，头上的树枝噼啪乱响，脚下落叶迅速地从脚面两侧擦过。在夜里，这条大路好像无穷短，也无穷长，十步以外就是一个完全未知的境地。我不知道下一分钟要走到哪里去。我根本听不见小男孩的脚步声，或者他的脚从来不用沾地？或者他只是方才我眼中的幻象？我的恐惧到了极点，反而毫不犹豫地走了下去。我尽力把脚步迈得很大，但落地时又很缓慢，尽量不出声音。这样走了很久，仿佛过了一千年，才发现这种走法是没有尽头的，于是索性甩开步子跑了起来。跑起来反而不像别的东西了，跑了没有一分钟，就隐约看见前面有一个矮矮的人影。看到他还在，我倒吃了一惊，不由自主地急促呼吸着，脚步也愈发沉重地摔在地上。

小男孩猛然停住，我也立刻站住。过了很长时间，他也没有回头，甚至没有动一下，如果没有围巾飘动的影子，他简直变成了一尊石像。我们就这样一动不动地站着，我死死盯住他，一个声音从我的胸膛里面越升越高，终于冲了出来：

"喂。"

小男孩像是上了发条一样飞快地动起来，他跑到路边解开裤子，一股水流迎风招展开来。我慢慢地、一步一停地走过去，走到他身边，看到他的肩膀正剧烈地起伏着。我伸出手拍了一下他的肩膀，他蓦然扭过头来，让我看到了一张大张着嘴，眼泪汪汪的脸。哇哇大哭的声音像迟到一样忙不迭地赶来，立刻刺破了夜风。

我倒笑了起来，对他说：

"拉上裤子吧，小鸡鸡要被吹掉了。"

小男孩马上拉上裤子，哭声也小了一些，转而盯住我不放。我看着他强睁着眼，眼泪毫无阻碍地涌出来，就蹲下身子对他说：

"你是不是男孩啊，你哭什么啊？"

他不说话，继续盯着我看，让我不知所措。我看着这个漂亮的小男孩，等到他的哭声被风声隐没才问：

"你怎么回事啊？哪儿来的张先生啊？到底有没有这个人？"

他抽搐着说，说话时手拽紧了红围脖："没有，我编的。我爸让我从奶奶家回去的时候走这条路，他说这条路没车。可是我害怕，我越走越害怕，我觉得我快走不下去了。我想看见个人。"

我明白了。他也害怕，他想看见一个活人。这个院里只有一盏烛光，就是我们。我又问："那你爸呢？他怎么不接你去？"

"他有病，不能吹风。"

我心酸起来，站起身摸摸他的脑袋说：

"走吧，我送你过去。"

小男孩一言不发，跟着我走起来。我们在黑夜里大踏步地走着，踩得树叶喳喳作响。我说：

"你会唱歌儿么？"

"会。"

"会唱什么？"

他说了两首，都是这几年新普及的儿童歌曲，我听都没听过。我说："我不会唱，你给我唱一首。"

他说："我不唱，我走调。"

我听见自己哈哈大笑说："那就算啦。"说完搂住他的肩膀，走得更快了。没过多久，我就能看见大院的正门了，马路对面，一间平房开着门，一个男人坐在门口向这边望着。

我拍了一下小男孩的背，他撒开腿跑了过去。我看着他跑到父亲面前，他父亲低下身子检查他的围巾有没有扎紧，但小男孩摇着脑袋躲闪开，他父亲就把它解下来拿在手里，两个人走进门里。

我转过身往回走，眼前还是那条漆黑的、寒风呼啸的大道。可惜没有人陪我把剩下的路走完。